I0837322

# LES AVENTURES
DE
# TÉLÉMAQUE,
FILS D'ULYSSE.

PAR M. DE FÉNELON.

TOME TROISIEME.

PAR ORDRE
DE Mgr LE COMTE D'ARTOIS.

A PARIS,
DE L'IMPRIMERIE DE DIDOT L'AÎNÉ.
M. DCC. LXXXI.

# TÉLÉMAQUE.

## LIVRE TREIZIEME.

# SOMMAIRE

## DU LIVRE TREIZIEME.

Idoménée raconte à Mentor sa confiance en Protésilas, & les artifices de ce favori, qui étoit de concert avec Timocrate pour faire périr Philoclès, & pour le trahir lui-même. Il lui avoue que, prévenu par ces deux hommes contre Philoclès, il avoit chargé Timocrate de l'aller tuer dans une expédition où il commandoit sa flotte; que celui-ci ayant manqué son coup, Philoclès l'avoit épargné, & s'étoit retiré en l'isle de Samos, après avoir remis le commandement de la flotte à Polymene, que lui Idoménée avoit nommé dans son ordre par écrit; que, malgré la trahison de Protésilas, il n'avoit pu se résoudre à se défaire de lui.

# LES AVENTURES DE TÉLÉMAQUE.

## LIVRE TREIZIEME.

DÉJA la réputation du gouvernement doux & modéré d'Idoménée attire en foule de tous côtés des peuples qui viennent s'incorporer au ſien, & chercher leur bonheur ſous une ſi aimable domination. Déjà ces campagnes ſi long-temps couvertes de ronces & d'épines promettent de riches moiſsons & des fruits juſqu'alors inconnus. La terre ouvre ſon ſein au tranchant de la charrue, & prépare ſes richeſses pour récompenſer le laboureur : l'eſpérance reluit de tous côtés. On voit dans les vallons & ſur les collines les troupeaux de moutons qui bondiſsent ſur l'herbe, & les grands troupeaux de bœufs & de geniſses qui font retentir les hautes montagnes de leurs mugiſsements : ces troupeaux ſervent à engraiſser les campagnes ; c'eſt Mentor qui a trouvé le moyen d'avoir ces troupeaux. Mentor conſeilla à Idoménée de faire avec les Peucetes, peuples voiſins, un échange de toutes les choſes ſuperflues qu'on ne vouloit pas ſouffrir dans Salente, avec ces troupeaux qui manquoient aux Salentins.

En même temps la ville & les villages d'alentour étoient pleins d'une belle jeuneſse qui avoit langui long-temps dans la miſere, & qui n'avoit osé ſe marier de peur d'augmenter leurs maux. Quand ils virent qu'Idoménée prenoit des ſentiments d'humanité, & qu'il vouloit être leur pere, ils ne craignirent plus la faim & les autres fléaux par leſquels le Ciel afflige la terre. On n'entendoit plus que des cris de joie, que les chanſons des bergers & des laboureurs qui célébroient leurs hyménées. On auroit cru voir le Dieu Pan avec une foule de Satyres & de Faunes mêlés parmi les Nymphes & dansant au son de la flûte à l'ombre des bois. Tout étoit tranquille & riant : mais la joie étoit modérée ; & ces plaisirs ne servoient qu'à délasser des longs travaux : ils en étoient plus vifs & plus purs.

Les vieillards, étonnés de voir ce qu'ils n'auroient osé espérer dans la suite d'un si long âge, pleuroient par un excès de joie mêlée de tendresse : ils levoient leurs mains tremblantes vers le ciel. Bénissez, disoient-ils, ô grand Jupiter, le Roi qui vous ressemble, & qui est le plus grand don que vous nous ayez fait. Il est né pour le bien des hommes, rendez-lui tous les biens que nous recevons de lui. Nos arriere-neveux, venus de ces mariages qu'il favorise, lui devront tout, jusqu'à leur naissance, & il sera véritablement le pere de tous ses sujets. Les jeunes hommes & les jeunes filles qui s'épousoient ne faisoient éclater leur joie qu'en chantant les louanges de celui de qui cette joie si douce leur étoit venue. Les bouches, & encore plus les cœurs, étoient sans cesse remplis de son nom. On se croyoit heureux de le voir; on craignoit de le perdre : sa perte eût été la désolation de chaque famille.

Alors Idoménée avoua à Mentor qu'il n'avoit jamais senti de plaisir aussi touchant que celui d'être aimé, & de rendre tant de gens heureux. Je ne l'aurois jamais cru, disoit-il : il me sembloit que toute la grandeur des Princes ne consistoit qu'à se faire craindre; que le reste des hommes étoit fait pour eux : & tout ce que j'avois ouï dire des Rois qui avoient été l'amour & les délices de leurs peuples me paroissoit une pure fable; j'en reconnois maintenant la vérité. Mais il faut que je vous raconte comment on avoit empoisonné mon cœur dès ma plus tendre enfance sur l'autorité des Rois. C'est ce qui a causé tous les malheurs de ma vie. Alors Idoménée commença cette narration :

Protésilas, qui est un peu plus âgé que moi, fut celui de tous les jeunes gens que j'aimai le plus. Son naturel vif & hardi étoit selon mon goût; il entra dans mes plaisirs; il flatta mes passions; il me rendit suspect un autre jeune homme que j'aimois aussi, & qui se nommoit Philoclès. Celui-ci avoit la crainte des Dieux, & l'ame grande mais modérée; il mettoit la grandeur, non à s'élever, mais à se vaincre, & à ne faire rien de bas. Il me parloit librement sur mes défauts; & lors même qu'il n'osoit me parler, son silence & la tristesse de son visage me faisoient assez entendre ce qu'il vouloit me reprocher.

Dans les commencements cette sincérité me plaisoit; & je lui protestois souvent que je l'écouterois avec confiance toute ma vie, pour me préserver des flatteurs. Il me disoit tout ce que je devois faire pour marcher sur les traces de mon aïeul Minos, & pour rendre mon royaume heureux. Il n'avoit pas une aussi profonde sagesse que vous, ô Mentor, mais ses maximes étoient bonnes; je le reconnois maintenant. Peu-à-peu les artifices de Protésilas, qui étoit jaloux & plein d'ambition, me dégoûterent de Philoclès. Celui-ci étoit sans empressement, & laissoit l'autre prévaloir; il se contenta de me dire toujours la vérité lorsque je voulois l'entendre. C'étoit mon bien, & non sa fortune, qu'il cherchoit.

Protésilas me persuada insensiblement que c'étoit un esprit chagrin & superbe qui critiquoit toutes mes actions, qui ne me demandoit rien parcequ'il avoit la fierté de ne vouloir rien tenir de moi, & d'aspirer à la réputation d'un homme qui est au-dessus de tous les honneurs : il ajouta que ce jeune homme qui me parloit si librement sur mes défauts en parloit aux autres avec la même liberté; qu'il laissoit assez entendre qu'il ne m'estimoit guere; & qu'en rabaissant ainsi ma réputation il vouloit, par l'éclat d'une vertu austere, s'ouvrir le chemin à la royauté.

D'abord je ne pus croire que Philoclès voulût me détrôner : il y a dans la véritable vertu une candeur & une ingénuité que rien ne peut contrefaire, & à laquelle on ne se méprend point, pourvu qu'on y soit attentif. Mais la fermeté de Philoclès contre mes foiblesses commençoit à me lasser. Les complaisances de Protésilas, & son industrie inépuisable pour m'inventer de nouveaux plaisirs, me faisoient sentir encore plus impatiemment l'austérité de l'autre.

Cependant Protésilas, ne pouvant souffrir que je ne crusse pas tout ce qu'il me disoit contre son ennemi, prit le parti de ne m'en parler plus, & de me persuader par quelque chose de plus fort que toutes les paroles. Voici comment il acheva de me tromper : il me conseilla d'envoyer Philoclès commander les vaisseaux qui devoient attaquer ceux de Carpathie ; &, pour m'y déterminer, il me dit : Vous savez que je ne suis pas suspect dans les louanges que je lui donne : j'avoue qu'il a du courage & du génie pour la guerre ; il vous servira mieux qu'un autre, & je préfere l'intérêt de votre ſervice à tous mes reſsentiments contre lui.

Je fus ravi de trouver cette droiture & cette équité dans le cœur de Protéſilas, à qui j'avois confié l'adminiſtration de mes plus grandes affaires. Je l'embraſsai dans un tranſport de joie, & me crus trop heureux d'avoir donné toute ma confiance à un homme qui me paroiſsoit ainſi au-deſſus de toute paſſion & de tout intérêt. Mais hélas! que les Princes sont dignes de compaſſion! Cet homme me connoiſsoit mieux que je ne me connoiſsois moi-même: il ſavoit que les Rois sont d'ordinaire défiants & inappliqués; défiants, par l'expérience continuelle qu'ils ont de l'artifice des hommes corrompus dont ils sont environnés; inappliqués, parceque les plaiſirs les entraînent, & qu'ils sont accoutumés à voir des gens chargés de penſer pour eux, ſans qu'ils en prennent eux-mêmes la peine. Il comprit donc qu'il ne lui seroit pas difficile de me mettre en défiance & en jalouſie contre un homme qui ne manqueroit pas de faire de grandes actions, surtout l'absence lui donnant une entiere facilité de lui tendre des pieges.

Philoclès, en partant, prévit ce qui lui pouvoit arriver. Souvenez-vous, me dit-il, que je ne pourrai plus me défendre ; que vous n'écouterez que mon ennemi ; & qu'en vous servant au péril de ma vie je courrai risque de n'avoir d'autre récompense que votre indignation. Vous vous trompez, lui dis-je : Protésilas ne parle point de vous comme vous parlez de lui ; il vous loue, il vous estime, il vous croit digne des plus importants emplois : s'il commençoit à me parler contre vous, il perdroit ma confiance. Ne craignez rien, allez, & ne songez qu'à me bien servir. Il partit, & me laissa dans une étrange situation.

Il faut vous l'avouer, Mentor, je voyois clairement combien il m'étoit nécessaire d'avoir plusieurs hommes que je consultasse, & que rien n'étoit plus mauvais, ni pour ma réputation, ni pour le succès des affaires, que de me livrer à un seul. J'avois éprouvé que les ſages conſeils de Philoclès m'avoient garanti de pluſieurs ſautes dangereuſes où la hauteur de Protéſilas m'auroit fait tomber. Je ſentois bien qu'il y avoit dans Philoclès un fonds de probité & de maximes équitables qui ne ſe faiſoit point ſentir de même dans Protéſilas : mais j'avois laiſsé prendre à Protéſilas un certain ton déciſif auquel je ne pouvois preſque plus réſiſter. J'étois fatigué de me trouver toujours entre deux hommes que je ne pouvois accorder ; & dans cette laſſitude j'aimois mieux, par foibleſse, haſarder quelque choſe aux dépens des affaires, & reſpirer en liberté. Je n'euſse osé me dire à moi-même une ſi honteuſe raiſon du parti que je venois de prendre : mais cette honteuſe raiſon que je n'oſois développer ne laiſsoit pas d'agir ſecrètement au fond de mon cœur, & d'être le vrai motif de tout ce que je faiſois.

Philoclès ſurprit les ennemis, remporta une pleine victoire, & ſe hâtoit de revenir pour prévenir les mauvais offices qu'il avoit à craindre : mais Protésilas, qui n'avoit pas encore eu le temps de me tromper, lui écrivit que je desirois qu'il fît une descente dans l'isle de Carpathie, pour profiter de la victoire. En effet, il m'avoit persuadé que je pourrois facilement faire la conquête de cette isle : mais il fit en sorte que plusieurs choses nécessaires manquerent à Philoclès dans cette entreprise, & il l'assujettit à certains ordres qui causerent divers contre-temps dans l'exécution.

Cependant il se servit d'un domestique très corrompu que j'avois auprès de moi, & qui observoit jusqu'aux moindres choses pour lui en rendre compte, quoiqu'ils parussent ne se voir guere, & n'être jamais d'accord en rien.

Ce domestique, nommé Timocrate, me vint dire un jour en grand secret qu'il avoit découvert une affaire très dangereuse. Philoclès, me dit-il, veut se servir de votre armée navale pour se faire Roi de l'isle de Carpathie : les chefs des troupes sont attachés à lui ; tous les soldats sont gagnés par ſes largeſses, & plus encore par la licence pernicieuſe où il les laiſse vivre ; il eſt enflé de ſa victoire. Voilà une lettre qu'il a écrite à un de ſes amis ſur ſon projet de ſe faire Roi : on n'en peut plus douter après une preuve ſi évidente.

Je lus cette lettre, & elle me parut de la main de Philoclès. On avoit parfaitement imité ſon écriture, & c'étoit Protéſilas qui l'avoit faite avec Timocrate. Cette lettre me jetta dans une étrange ſurpriſe : je la reliſois ſans ceſse, & ne pouvois me perſuader qu'elle fût de Philoclès, repaſsant dans mon eſprit troublé toutes les marques touchantes qu'il m'avoit données de ſon déſintéreſsement & de ſa bonne foi. Cependant que pouvois-je faire ? quel moyen de réſiſter à une lettre où je croyois être ſûr de reconnoître l'écriture de Philoclès ?

Quand Timocrate vit que je ne pouvois plus réſiſter à ſon artifice, il le pouſsa plus loin. Oſerai-je, me dit-il en héſitant, vous faire remarquer un mot qui eſt dans cette lettre ? Philoclès dit à ſon ami qu'il peut parler en confiance à Protésilas sur une chose qu'il ne désigne que par un chiffre : assurément Protésilas est entré dans le dessein de Philoclès, & ils se sont raccommodés à vos dépens. Vous savez que c'est Protésilas qui vous a pressé d'envoyer Philoclès contre les Carpathiens. Depuis un certain temps il a cessé de vous parler contre lui, comme il le faisoit souvent autrefois. Au contraire, il le loue, il l'excuse en toute occasion : ils se voyoient depuis quelque temps avec assez d'honnêteté. Sans doute Protésilas a pris avec Philoclès des mesures pour partager avec lui la conquête de Carpathie. Vous voyez même qu'il a voulu qu'on fît cette entreprise contre toutes les regles, & qu'il s'expose à faire périr votre armée navale, pour contenter son ambition. Croyez-vous qu'il voulût servir ainsi à celle de Philoclès s'ils étoient encore mal ensemble ? non, non, on ne peut plus douter que ces deux hommes ne soient réunis pour s'élever ensemble à une grande autorité, & peut-être pour renverser le trône où vous régnez. En vous parlant ainſi, je sais que je m'expoſe à leur reſsentiment, ſi, malgré mes avis ſinceres, vous leur laiſsez encore votre autorité dans les mains : mais qu'importe, pourvu que je vous diſe la vérité ?

Ces dernieres paroles de Timocrate firent une grande impreſſion ſur moi : je ne doutai plus de la trahiſon de Philoclès, & je me défiai de Protéſilas comme de ſon ami. Cependant Timocrate me diſoit ſans ceſse : Si vous attendez que Philoclès ait conquis l'isle de Carpathie, il ne sera plus temps d'arrêter ſes deſseins ; hâtez-vous de vous en aſsurer pendant que vous le pouvez. J'avois horreur de la profonde diſſimulation des hommes ; je ne ſavois plus à qui me fier. Après avoir découvert la trahiſon de Philoclès, je ne voyois plus d'hommes ſur la terre dont la vertu pût me raſsurer. J'étois réſolu de faire périr au plutôt ce perfide ; mais je craignois Protéſilas, & je ne ſavois comment faire à ſon égard. Je craignois de le trouver coupable, & je craignois auſſi de me fier à lui.

Enfin, dans mon trouble, je ne pus m'empêcher de lui dire que Philoclès m'étoit devenu suspect. Il en parut surpris ; il me représenta sa conduite droite & modérée ; il m'exagéra ses services ; en un mot, il fit tout ce qu'il falloit pour me persuader qu'il étoit trop bien avec lui. D'un autre côté Timocrate ne perdoit pas un moment pour me faire remarquer cette intelligence, & pour m'obliger à perdre Philoclès pendant que je pouvois encore m'asurer de lui. Voyez, mon cher Mentor, combien les Rois sont malheureux & exposés à être le jouet des autres hommes, lors même que les autres hommes paroissent tremblants à leurs pieds.

Je crus faire un coup d'une profonde politique, & déconcerter Protésilas, en envoyant secrètement à l'armée navale Timocrate pour faire mourir Philoclès. Protésilas poussa jusqu'au bout sa dissimulation, & me trompa d'autant mieux qu'il parut plus naturellement comme un homme qui se laissoit tromper. Timocrate partit donc, & trouva Philoclès assez embarrassé dans sa descente : il manquoit de tout ; car Protésilas, ne sachant si la lettre supposée pourroit faire périr son ennemi, vouloit avoir en même temps une autre ressource prête, par le mauvais succès d'une entreprise dont il m'avoit fait tant espérer, & qui ne manqueroit pas de m'irriter contre Philoclès. Celui-ci soutenoit cette guerre si difficile, par son courage, par son génie, & par l'amour que les troupes avoient pour lui. Quoique tout le monde reconnût dans l'armée que cette descente étoit téméraire, & funeste pour les Crétois, chacun travailloit à la faire réussir, comme s'il eût vu sa vie & son bonheur attachés au succès. Chacun étoit content de hasarder sa vie à toute heure sous un chef si sage & si appliqué à se faire aimer.

Timocrate avoit tout à craindre en voulant faire périr ce chef au milieu d'une armée qui l'aimoit avec tant de passion : mais l'ambition furieuse est aveugle. Timocrate ne trouvoit rien de difficile pour contenter Protésilas, avec lequel il s'imaginoit me gouverner absolument après la mort de Philoclès. Protésilas ne pouvoit souffrir un homme de bien dont la seule vue étoit un reproche secret de ses crimes, & qui pouvoit, en m'ouvrant les yeux, renverser ses projets.

Timocrate s'assura de deux Capitaines qui étoient sans cesse auprès de Philoclès ; il leur promit de ma part de grandes récompenses, & ensuite il dit à Philoclès qu'il étoit venu pour lui dire par mon ordre des choses secretes qu'il ne devoit lui confier qu'en présence de ces deux Capitaines. Philoclès se renferma avec eux & avec Timocrate. Alors Timocrate donna un coup de poignard à Philoclès. Le coup glissa, & n'enfonça guere avant. Philoclès, sans s'étonner, lui arracha le poignard, & s'en servit contre lui & contre les deux autres : en même temps il cria. On accourut ; on enfonça la porte ; on dégagea Philoclès des mains de ces trois hommes, qui, étant troublés, l'avoient attaqué foiblement. Ils furent pris, & on les auroit d'abord déchirés, tant l'indignation de l'armée étoit grande, si Philoclès n'eût arrêté la multitude. Ensuite il prit Timocrate en particulier, & lui demanda avec douceur ce qui l'avoit obligé à commettre une action si noire. Timocrate, qui craignoit qu'on ne le fît mourir, se hâta de montrer l'ordre que je lui avois donné par écrit de tuer Philoclès ; & comme les traîtres sont toujours lâches, il songea à sauver sa vie en découvrant à Philoclès toute la trahison de Protésilas.

Philoclès, effrayé de voir tant de malice dans les hommes, prit un parti plein de modération : il déclara à toute l'armée que Timocrate étoit innocent, il le mit en sûreté, le renvoya en Crete, & déféra le commandement de l'armée à Polymene, que j'avois nommé, dans mon ordre écrit de ma main, pour commander quand on auroit tué Philoclès. Enfin il exhorta les troupes à la fidélité qu'elles me devoient, & passa pendant la nuit dans une légere barque, qui le conduisit dans l'isle de Samos, où il vit tranquillement dans la pauvreté & dans la ſolitude, travaillant à faire des ſtatues pour gagner ſa vie, ne voulant plus entendre parler des hommes trompeurs & injuſtes, mais ſur-tout des Rois, qu'il croit les plus malheureux & les plus aveugles de tous les hommes.

En cet endroit Mentor arrêta Idoménée : Hé bien ! dit-il, fûtes-vous long-temps à découvrir la vérité ? Non, répondit Idoménée ; je compris peu à peu les artifices de Protéſilas & de Timocrate : ils ſe brouillerent même ; car les méchants ont bien de la peine à demeurer unis. Leur diviſion acheva de me montrer le fond de l'abîme où ils m'avoient jetté. Hé bien ! reprit Mentor, ne prîtes-vous point le parti de vous défaire de l'un & de l'autre ? Hélas ! reprit Idoménée, eſt-ce, mon cher Mentor, que vous ignorez la foibleſſe & l'embarras des Princes ? Quand ils sont une fois livrés à des hommes corrompus & hardis qui ont l'art de ſe rendre néceſſaires, ils ne peuvent plus eſpérer aucune liberté. Ceux qu'ils méprisent le plus sont ceux qu'ils traitent le mieux & qu'ils comblent de bienfaits : j'avois horreur de Protésilas ; & je lui laissois toute l'autorité. Etrange illusion ! je me savois bon gré de le connoître ; & je n'avois pas la force de reprendre l'autorité que je lui avois abandonnée. D'ailleurs, je le trouvois commode, complaisant, industrieux pour flatter mes passions, ardent pour mes intérêts. Enfin j'avois une raison pour m'excuser en moi-même de ma foiblesse, c'est que je ne connoissois point de véritable vertu : faute d'avoir su choisir des gens de bien qui conduisissent mes affaires, je croyois qu'il n'y en avoit point sur la terre, & que la probité étoit un beau fantôme. Qu'importe, disois-je, de faire un grand éclat pour sortir des mains d'un homme corrompu, & pour tomber dans celles de quelque autre qui ne sera ni plus désintéressé ni plus sincere que lui ?

Cependant l'armée navale commandée par Polymene revint. Je ne songeai plus à la conquête de l'isle de Carpathie ; & Protéſilas ne put diſſimuler ſi profondément, que je ne découvriſse combien il étoit affligé de ſavoir que Philoclès étoit en sûreté dans Samos.

Mentor interrompit encore Idoménée pour lui demander s'il avoit continué, après une ſi noire trahiſon, à confier toutes ſes affaires à Protéſilas.

J'étois, lui répondit Idoménée, trop ennemi des affaires & trop inappliqué, pour pouvoir me tirer de ſes mains : il auroit fallu renverſer l'ordre que j'avois établi pour ma commodité, & inſtruire un nouvel homme ; c'eſt ce que je n'eus jamais la force d'entreprendre. J'aimai mieux fermer les yeux pour ne pas voir les artifices de Protéſilas. Je me conſolois ſeulement en faiſant entendre à certaines perſonnes de confiance que je n'ignorois pas ſa mauvaiſe foi. Ainſi je m'imaginois n'être trompé qu'à demi, puiſque je ſavois que j'étois trompé. Je faiſois même de temps en temps ſentir à Protéſilas que je ſupportois ſon joug avec impatience. Je prenois ſouvent plaiſir à le contredire, à blâmer publiquement quelque chose qu'il avoit fait, à décider contre son sentiment : mais comme il connoissoit ma hauteur & ma paresse, il ne s'embarrassoit point de tous mes chagrins. Il revenoit opiniâtrément à la charge ; il usoit tantôt de manieres pressantes, tantôt de souplesse & d'insinuation : sur-tout quand il s'appercevoit que j'étois peiné contre lui, il redoubloit ses soins pour me fournir de nouveaux amusements propres à m'amollir ; ou pour m'embarquer en quelque affaire où il eût occasion de se rendre nécessaire & de faire valoir son zele pour ma réputation.

Quoique je fusse en garde contre lui, cette maniere de flatter mes passions m'entraînoit toujours : il savoit mes secrets ; il me soulageoit dans mes embarras ; il faisoit trembler tout le monde par mon autorité. Enfin je ne pus me résoudre à le perdre. Mais, en le maintenant dans sa place, je mis tous les gens de bien hors d'état de me représenter mes véritables intérêts :

depuis ce moment on n'entendit plus dans mes Conſeils aucune parole libre; la vérité s'éloigna de moi; l'erreur, qui prépare la chûte des Rois, me punit d'avoir ſacrifié Philoclès à la cruelle ambition de Protéſilas : ceux même qui avoient le plus de zele pour l'Etat & pour ma perſonne ſe crurent diſpensés de me détromper, après un ſi terrible exemple.

Moi-même, mon cher Mentor, je craignois que la vérité ne perçât le nuage, & qu'elle ne parvînt juſqu'à moi malgré les flatteurs; car, n'ayant plus la force de la ſuivre, ſa lumiere m'étoit importune. Je ſentois en moi-même qu'elle m'eût causé de cruels remords, ſans pouvoir me tirer d'un ſi funeſte engagement. Ma molleſse & l'aſcendant que Protéſilas avoit pris inſenſiblement ſur moi me plongeoient dans une eſpece de déſeſpoir de rentrer jamais en liberté. Je ne voulois ni voir un ſi honteux état ni le laiſser voir aux autres. Vous ſavez, cher Mentor, la vaine hauteur & la fauſse gloire dans laquelle on éleve les

Rois : ils ne veulent jamais avoir tort. Pour couvrir une faute, il en faut faire cent. Plutôt que d'avouer qu'on s'est trompé, & que de se donner la peine de revenir de son erreur, il faut se laisser tromper toute sa vie. Voilà l'état des Princes foibles & inappliqués ; c'étoit précisément le mien lorsqu'il fallut que je partisse pour le siege de Troie.

En partant, je laissai Protésilas maître des affaires : il les conduisoit en mon absence avec hauteur & inhumanité. Tout le royaume de Crete gémissoit sous sa tyrannie : mais personne n'osoit me mander l'oppression des peuples ; on savoit que je craignois de voir la vérité, & que j'abandonnois à la cruauté de Protésilas tous ceux qui entreprenoient de parler contre lui. Mais moins on osoit éclater, plus le mal étoit violent. Dans la suite il me contraignit de chasser le vaillant Mérion qui m'avoit suivi avec tant de gloire au siege de Troie. Il en étoit devenu jaloux, comme de tous ceux que j'aimois & qui montroient quelque vertu.

Il faut que vous sachiez, mon cher Mentor, que tous mes malheurs sont venus de là. Ce n'est pas tant la mort de mon fils qui causa la révolte des Crétois, que la vengeance des Dieux irrités contre mes foiblesses, & la haine des peuples, que Protésilas m'avoit attirée. Quand je répandis le sang de mon fils, les Crétois, lassés d'un gouvernement rigoureux, avoient épuisé toute leur patience; & l'horreur de cette derniere action ne fit que montrer au-dehors ce qui étoit depuis long-temps dans le fond des cœurs.

Timocrate me suivit au siege de Troie, & rendoit compte secrètement par ses lettres à Protésilas de tout ce qu'il pouvoit découvrir. Je sentois bien que j'étois en captivité; mais je tâchois de n'y penser pas, désespérant d'y remédier. Quand les Crétois, à mon arrivée, se révolterent, Protésilas & Timocrate furent les premiers à s'enfuir. Ils m'auroient sans doute abandonné, si je n'eusse été contraint de m'enfuir presque aussi-tôt qu'eux. Comptez, mon cher Mentor, que les hommes insolents pendant la prospérité sont toujours foibles & tremblants dans la disgrace. La tête leur tourne aussi-tôt que l'autorité absolue leur échappe. On les voit aussi rampants qu'ils ont été hautains; & c'est en un moment qu'ils passent d'une extrémité à l'autre.

Mentor dit à Idoménée: Mais d'où vient donc que connoissant à fond ces deux méchants hommes, vous les gardez encore auprès de vous comme je les vois? Je ne suis pas surpris qu'ils vous aient suivi, n'ayant rien de meilleur à faire pour leurs intérêts; je comprends même que vous avez fait une action généreuse de leur donner un asyle dans votre nouvel établissement: mais pourquoi vous livrer encore à eux après tant de cruelles expériences?

Vous ne savez pas, répondit Idoménée, combien toutes les expériences sont inutiles aux Princes amollis & inappliqués qui vivent sans réflexion. Ils sont mécontents de tout; & ils n'ont le courage de rien redreſser. Tant d'années d'habitude étoient des chaînes de fer qui me lioient à ces deux hommes; & ils m'obsédoient à toute heure. Depuis que je suis ici, ils m'ont jetté dans toutes les dépenſes exceſſives que vous avez vues; ils ont épuisé cet Etat naiſsant; ils m'ont attiré cette guerre qui m'alloit accabler ſans vous. J'aurois bientôt éprouvé à Salente les mêmes malheurs que j'ai ſentis en Crete : mais vous m'avez enfin ouvert les yeux, & vous m'avez inſpiré le courage qui me manquoit pour me mettre hors de ſervitude. Je ne sais ce que vous avez fait en moi; mais, depuis que vous êtes ici, je me ſens un autre homme.

Mentor demanda enſuite à Idoménée quelle étoit la conduite de Protéſilas dans ce changement des affaires. Rien n'eſt plus artificieux, répondit Idoménée, que ce qu'il a fait depuis votre arrivée. D'abord il n'oublia rien pour jetter indirectement quelque défiance dans mon eſprit. Il ne diſoit rien contre vous; mais je voyois diverſes gens qui venoient m'avertir que ces deux étrangers étoient fort à craindre. L'un, disoient-ils, est le fils du trompeur Ulysse; l'autre est un homme caché & d'un esprit profond : ils sont accoutumés à errer de royaume en royaume; qui sait s'ils n'ont point formé quelque dessein sur celui-ci? Ces aventuriers racontent eux-mêmes qu'ils ont causé de grands troubles dans tous les pays où ils ont passé : voici un Etat naissant & mal affermi; les moindres mouvements pourroient le renverser.

Protésilas ne disoit rien; mais il tâchoit de me faire entrevoir le danger & l'excès de toutes ces réformes que vous me faisiez entreprendre. Il me prenoit par mon propre intérêt. Si vous mettez, disoit-il, les peuples dans l'abondance, ils ne travailleront plus; ils deviendront fiers, indociles, & seront toujours prêts à se révolter : il n'y a que la foiblesse & la misere qui les rendent souples, & qui les empêchent de résister à l'autorité. Souvent il tâchoit de reprendre son ancienne autorité pour m'entraîner; & il la couvroit d'un prétexte de zele pour mon ſervice. En voulant ſoulager les peuples, me diſoit-il, vous rabaiſsez la puiſsance royale: & par-là vous faites au peuple même un tort irréparable; car il a beſoin qu'on le tienne bas pour ſon propre repos.

A tout cela je répondois que je ſaurois bien tenir les peuples dans leur devoir en me faiſant aimer d'eux; en ne relâchant rien de mon autorité, quoique je les ſoulageaſse; en puniſsant avec fermeté tous les coupables; enfin, en donnant aux enfants une bonne éducation, & à tout le peuple une exacte diſcipline, pour le tenir dans une vie ſimple, ſobre & laborieuſe. Eh quoi! diſois-je, ne peut-on pas ſoumettre un peuple ſans le faire mourir de faim? Quelle inhumanité! quelle politique brutale! Combien voyons-nous de peuples traités doucement, & très fideles à leurs Princes! Ce qui cauſe les révoltes, c'eſt l'ambition & l'inquiétude des Grands d'un Etat, quand on leur a donné trop de licence, & qu'on a laiſsé leurs paſſions s'étendre ſans bornes ; c'eſt la multitude des grands & des petits qui vivent dans la molleſse, dans le luxe & dans l'oiſiveté ; c'eſt la trop grande abondance d'hommes adonnés à la guerre qui ont négligé toutes les occupations utiles dans les temps de paix ; enfin, c'eſt le déſespoir des peuples maltraités ; c'eſt la dureté, la hauteur des Rois, & leur molleſse qui les rend incapables de veiller ſur tous les membres de l'Etat pour prévenir les troubles. Voilà ce qui cauſe les révoltes, & non pas le pain qu'on laiſse manger en paix au laboureur, après qu'il l'a gagné à la ſueur de ſon viſage.

Quand Protéſilas a vu que j'étois inébranlable dans ces maximes, il a pris un parti tout opposé à ſa conduite paſsée : il a commencé à ſuivre les maximes qu'il n'avoit pu détruire ; il a fait ſemblant de les goûter, d'en être convaincu, de m'avoir obligation de l'avoir éclairé là-deſſus. Il va au-devant de tout ce que je puis ſouhaiter pour ſoulager les pauvres; il eſt le premier à me repréſenter leurs beſoins, & à crier contre les dépenſes exceſſives. Vous ſavez même qu'il vous loue, qu'il vous témoigne de la confiance, & qu'il n'oublie rien pour vous plaire. Pour Timocrate, il commence à n'être plus ſi bien avec Protéſilas; il a ſongé à ſe rendre indépendant : Protéſilas en eſt jaloux; & c'eſt en partie par leurs différends que j'ai découvert leur perfidie.

Mentor, ſouriant, répondit ainſi à Idoménée : Quoi donc! vous avez été foible juſqu'à vous laiſser tyranniſer pendant tant d'années par deux traîtres dont vous connoiſſiez la trahiſon! Ah! vous ne ſavez pas, répondit Idoménée, ce que peuvent les hommes artificieux ſur un Roi foible & inappliqué qui s'eſt livré à eux pour toutes ſes affaires. D'ailleurs je vous ai déjà dit que Protéſilas entre maintenant dans toutes vos vues pour le bien public.

Mentor reprit ainſi le diſcours d'un air grave : Je ne vois que trop combien les méchants prévalent ſur les bons auprès des Rois : vous en êtes un terrible exemple. Mais vous dites que je vous ai ouvert les yeux ſur Protéſilas ; & ils ſont encore fermés pour laiſser le gouvernement de vos affaires à cet homme indigne de vivre. Sachez que les méchants ne ſont point des hommes incapables de faire le bien : ils le font indifféremment de même que le mal, quand il peut ſervir à leur ambition. Le mal ne leur coûte rien à faire, parcequ'aucun ſentiment de bonté ni aucun principe de vertu ne les retient ; mais auſſi ils font le bien ſans peine, parceque leur corruption les porte à le faire pour paroître bons, & pour tromper le reſte des hommes. A proprement parler, ils ne ſont pas capables de la vertu, quoiqu'ils paroiſsent la pratiquer ; mais ils ſont capables d'ajouter à tous leurs autres vices le plus horrible des vices, qui eſt l'hypocriſie. Tant que vous voudrez abſolument faire le bien, Protéſilas ſera prêt à le faire avec vous, pour conſerver l'autorité : mais ſi peu qu'il ſente en vous de facilité à vous relâcher, il n'oubliera rien pour vous faire retomber dans l'égarement, & pour reprendre en liberté son naturel trompeur & féroce. Pouvez-vous vivre avec honneur & en repos, pendant qu'un tel homme vous obsede à toute heure, & que vous savez le sage & le fidele Philoclès pauvre & déshonoré dans l'isle de Samos?

Vous reconnoissez bien, ô Idoménée, que les hommes trompeurs & hardis qui sont présents entraînent les Princes foibles : mais vous deviez ajouter que les Princes ont encore un autre malheur qui n'est pas moindre; c'est celui d'oublier facilement la vertu & les services d'un homme éloigné. La multitude des hommes qui environnent les Princes est cause qu'il n'y en a aucun qui fasse une impression profonde sur eux : ils ne sont frappés que de ce qui est présent & qui les flatte; tout le reste s'efface bientôt. Sur-tout la vertu les touche peu, parceque la vertu, loin de les flatter, les contredit & les condamne dans leurs foiblefses. Faut-il s'étonner s'ils ne sont point aimés, puifqu'ils ne sont point aimables, & qu'ils n'aiment rien que leur grandeur & leurs plaifirs?

*Fin du treizieme Livre.*

## SOMMAIRE

## DU LIVRE QUATORZIEME.

Mentor oblige Idoménée à faire conduire Protésilas & Timocrate en l'isle de Samos, & à rappeller Philoclès pour le remettre en honneur auprès de lui. Hégésippe, qui est chargé de cet ordre, l'exécute avec joie. Il arrive avec ces deux hommes à Samos, où il revoit son ami Philoclès content d'y mener une vie pauvre & solitaire. Celui-ci ne consent qu'avec beaucoup de peine à retourner parmi les siens : mais, après avoir reconnu que les Dieux le veulent, il s'embarque avec Hégésippe, & arrive à Salente, où Idoménée, qui n'est plus le même homme, le reçoit avec amitié.

# LIVRE QUATORZIEME.

APRÈS avoir dit ces paroles, Mentor persuada à Idoménée qu'il falloit au plutôt chasser Protésilas & Timocrate, pour rappeller Philoclès. L'unique difficulté qui arrêtoit le Roi, c'est qu'il craignoit la sévérité de Philoclès. J'avoue, disoit-il, que je ne puis m'empêcher de craindre un peu son retour, quoique je l'aime & que je l'estime. Je suis depuis ma tendre jeunesse accoutumé à des louanges, à des empressements, à des complaisances, que je ne saurois espérer de trouver dans cet homme. Dès que je faisois quelque chose qu'il n'approuvoit pas, son air triste me marquoit assez qu'il me condamnoit. Quand il étoit en particulier avec moi, ses manieres étoient respectueuses & modérées, mais seches.

Ne voyez-vous pas, lui répondit Mentor, que les Princes gâtés par la flatterie trouvent ſec & auſtere tout ce qui eſt libre & ingénu. Ils vont même juſqu'à s'imaginer qu'on n'eſt pas zélé pour leur ſervice, & qu'on n'aime pas leur autorité, dès qu'on n'a point l'ame ſervile, & qu'on n'eſt pas prêt à les flatter dans l'uſage le plus injuſte de leur puiſſance. Toute parole libre & généreuſe leur paroît hautaine, critique & séditieuſe. Ils deviennent ſi délicats, que tout ce qui n'eſt point flatterie les bleſſe & les irrite. Mais allons plus loin. Je ſuppoſe que Philoclès eſt effectivement ſec & auſtere : ſon auſtérité ne vaut-elle pas mieux que la flatterie pernicieuſe de vos conſeillers ? Où trouverez-vous un homme ſans défaut ? & le défaut de vous dire trop hardiment la vérité n'eſt-il pas celui que vous devez le moins craindre ? que dis-je ! n'eſt-ce pas un défaut néceſſaire pour corriger les vôtres, & pour vaincre le dégoût de la vérité où la flatterie vous a fait tomber ? Il vous faut un homme qui n'aime que la vérité & vous ; qui vous aime mieux que vous ne ſavez vous aimer vous-même ; qui vous diſe la vérité malgré vous ; qui force tous vos retranchements : & cet homme néceſſaire, c'eſt Philoclès. Souvenez-vous qu'un Prince eſt trop heureux quand il naît un ſeul homme sous ſon regne avec cette généroſité, qui eſt le plus précieux tréſor de l'Etat ; & que la plus grande punition qu'il doit craindre des Dieux eſt de perdre un tel homme, s'il s'en rend indigne faute de ſavoir s'en ſervir.

Pour les défauts des gens de bien, il faut les ſavoir connoître, & ne laiſser pas de ſe ſervir d'eux. Redreſsez-les ; ne vous livrez jamais aveuglément à leur zele indiſcret : mais écoutez-les favorablement, honorez leur vertu, montrez au public que vous ſavez la diſtinguer, & ſur-tout gardez-vous bien d'être plus long-temps comme vous avez été juſqu'ici. Les Princes gâtés comme vous l'étiez, ſe contentant de mépriſer les hommes corrompus, ne laiſsent pas de les employer avec confiance, & de les combler de bienfaits : d'un autre côté, ils ſe piquent de connoître auſſi les hommes vertueux ;

mais ils ne leur donnent que de vains éloges, n'osant, ni leur confier les emplois, ni les admettre dans leur commerce familier, ni répandre des bienfaits sur eux.

Alors Idoménée dit qu'il étoit honteux d'avoir tant tardé à délivrer l'innocence opprimée, & à punir ceux qui l'avoient trompé. Mentor n'eut même aucune peine à déterminer le Roi à perdre son favori : car aussi-tôt qu'on est parvenu à rendre les favoris suspects & importuns à leurs maîtres, les Princes, lassés & embarrassés, ne cherchent plus qu'à s'en défaire ; leur amitié s'évanouit, les services sont oubliés : la chûte des favoris ne leur coûte rien, pourvu qu'ils ne les voient plus.

Aussi-tôt le Roi ordonna en secret à Hégésippe, qui étoit un des principaux Officiers de sa maison, de prendre Protésilas & Timocrate, de les conduire en sûreté dans l'isle de Samos, de les y laisser, & de ramener Philoclès de ce lieu d'exil. Hégésippe, surpris de cet ordre, ne put s'empêcher de pleurer de joie. C'est maintenant, dit-il au

Roi, que vous allez charmer vos ſujets. Ces deux hommes ont cauſé tous vos malheurs & tous ceux de vos peuples : il y a vingt ans qu'ils font gémir tous les gens de bien, & qu'à peine oſe-t-on même gémir, tant leur tyrannie eſt cruelle : ils accablent tous ceux qui entreprennent d'aller à vous par un autre canal que le leur.

Enſuite Hégéſippe découvrit au Roi un grand nombre de perfidies & d'inhumanités commiſes par ces deux hommes, dont le Roi n'avoit jamais entendu parler, parceque perſonne n'oſoit les accuſer. Il lui raconta même ce qu'il avoit découvert d'une conjuration ſecrete pour faire périr Mentor. Le Roi eut horreur de tout ce qu'il entendoit.

Hégéſippe ſe hâta d'aller prendre Protéſilas dans ſa maiſon : elle étoit moins grande, mais plus commode & plus riante que celle du Roi ; l'architecture étoit de meilleur goût : Protéſilas l'avoit ornée avec une dépenſe tirée du ſang des miſérables. Il étoit alors dans un ſalon de marbre auprès de ſes bains, couché négligemment sur un lit de pourpre avec une broderie d'or ; il paroissoit las & épuisé de ses travaux : ses yeux & ses fourcils montroient je ne sais quoi d'agité, de sombre & de farouche. Les plus grands de l'Etat étoient autour de lui rangés sur des tapis, composant leurs visages sur celui de Protésilas, dont ils observoient jusqu'au moindre clin-d'œil. A peine ouvroit-il la bouche, que tout le monde se récrioit pour admirer ce qu'il alloit dire. Un des principaux de la troupe lui racontoit avec des exagérations ridicules ce que Protésilas lui-même avoit fait pour le Roi. Un autre lui assuroit que Jupiter, ayant trompé sa mere, lui avoit donné la vie, & qu'il étoit fils du pere des Dieux. Un Poëte venoit lui chanter des vers, où il disoit que Protésilas, instruit par les Muses, avoit égalé Apollon pour tous les ouvrages d'esprit. Un autre Poëte, encore plus lâche & plus impudent, l'appelloit dans ses vers l'inventeur des beaux arts & le pere des peuples qu'il rendoit heureux : il le dépeignoit tenant en main la corne d'abondance.

Protésilas écoutoit toutes ces louanges d'un air sec, distrait & dédaigneux, comme un homme qui sait bien qu'il en mérite encore de plus grandes, & qui fait trop de grace de se laisser louer. Il y avoit un flatteur qui prit la liberté de lui parler à l'oreille, pour lui dire quelque chose de plaisant contre la police que Mentor tâchoit d'établir. Protésilas sourit : toute l'assemblée se mit aussi-tôt à rire, quoique la plupart ne pussent point encore savoir ce qu'on avoit dit. Mais Protésilas reprenant bientôt son air févere & hautain, chacun rentra dans la crainte & dans le silence. Plusieurs nobles cherchoient le moment où Protésilas pourroit se retourner vers eux & les écouter : ils paroissoient émus & embarrassés ; c'est qu'ils avoient à lui demandet des graces : leurs postures suppliantes parloient pour eux ; ils paroissoient aussi soumis qu'une mere aux pieds des autels, lorsqu'elle demande aux Dieux la guérison de son fils unique. Tous paroissoient contents, attendris, pleins d'admiration pour Protésilas, quoique tous eussent contre lui dans le cœur une rage implacable.

Dans ce moment Hégésippe entre, saisit l'épée de Protésilas, & lui déclare de la part du Roi qu'il va l'emmener dans l'isle de Samos. A ces paroles, toute l'arrogance de ce favori tomba comme un rocher qui se détache du sommet d'une montagne escarpée. Le voilà qui se jette tremblant & troublé aux pieds d'Hégésippe ; il pleure, il hésite, il bégaie, il tremble, il embrasse les genoux de cet homme qu'il ne daignoit pas, une heure auparavant, honorer d'un de ses regards. Tous ceux qui l'encensoient, le voyant perdu sans ressource, changerent leurs flatteries en des insultes sans pitié.

Hégésippe ne voulut lui laisser le temps, ni de faire ses derniers adieux à sa famille, ni de prendre certains écrits secrets. Tout fut saisi, & porté au Roi. Timocrate fut arrêté dans le même temps : & sa surprise fut extrême ; car il croyoit qu'étant brouillé avec Protésilas il ne pouvoit être enveloppé dans sa ruine. Ils partent dans un vaisseau qu'on avoit préparé : on arrive à Samos. Hégésippe y laisse ces deux malheureux ; & pour mettre le comble à leur malheur, il les laisse ensemble. Là ils se reprochent avec fureur l'un à l'autre les crimes qu'ils ont faits, qui sont cause de leur chûte : ils se trouvent sans espérance de revoir jamais Salente, condamnés à vivre loin de leurs femmes & de leurs enfants ; je ne dis pas loin de leurs amis, car ils n'en avoient point. On les laissoit dans une terre inconnue, où ils ne devoient plus avoir d'autre ressource pour vivre que leur travail, eux qui avoient passé tant d'années dans les délices & dans le faste. Semblables à deux bêtes farouches, ils étoient toujours prêts à se déchirer l'un l'autre.

Cependant Hégésippe demanda en quel lieu de l'isle demeuroit Philoclès. On lui dit qu'il demeuroit assez loin de la ville, sur une montagne où une grotte lui servoit de maison. Tout le monde lui parla avec admiration de cet étranger. Depuis qu'il est dans cette isle, lui disoit-on, il n'a offensé personne : chacun est touché de sa patience, de son travail, de sa tranquillité ; n'ayant rien, il paroît toujours content. Quoiqu'il soit ici loin des affaires, sans bien & sans autorité, il ne laisse pas d'obliger ceux qui le méritent, & il a mille industries pour faire plaisir à tous ses voisins.

Hégésippe s'avance vers cette grotte, il la trouve vuide & ouverte; car la pauvreté & la simplicité des mœurs de Philoclès faisoient qu'il n'avoit en sortant aucun besoin de fermer sa porte ; une natte de jonc grossier lui servoit de lit. Rarement il allumoit du feu, parcequ'il ne mangeoit rien de cuit : il se nourrissoit, pendant l'été, de fruits nouvellement cueillis, & en hiver, de dattes & de figues seches. Une claire fontaine, qui faisoit une nappe d'eau en tombant d'un rocher, le désaltéroit. Il n'avoit dans sa grotte que les instruments nécessaires à la sculpture, & quelques livres qu'il lisoit à certaines heures, non pour orner son esprit, ni pour contenter sa curiosité, mais pour s'inſtruire en ſe délaſsant de ſes travaux, & pour apprendre à être bon. Pour la ſculpture, il ne s'y appliquoit que pour exercer ſon corps, fuir l'oiſiveté, & gagner ſa vie ſans avoir beſoin de perſonne.

Hégéſippe, en entrant dans la grotte, admira les ouvrages qui étoient commencés. Il remarqua un Jupiter dont le viſage ſerein étoit ſi plein de majeſté, qu'on le reconnoiſsoit aiſément pour le pere des Dieux & des hommes. D'un autre côté paroiſsoit Mars avec une fierté rude & menaçante. Mais ce qui étoit de plus touchant, c'étoit une Minerve qui animoit les arts; ſon viſage étoit noble & doux, ſa taille grande & libre: elle étoit dans une action ſi vive, qu'on auroit pu croire qu'elle alloit marcher.

Hégéſippe, ayant pris plaiſir à voir ces ſtatues, ſortit de la grotte, & vit de loin, sous un grand arbre, Philoclès qui liſoit ſur le gazon: il va vers lui; & Philoclès, qui l'apperçoit, ne sait que croire. N'eſt-ce point là, dit-il en lui-même, Hégéſippe avec qui j'ai ſi long-temps vécu en Crete? mais quelle apparence qu'il vienne dans une isle ſi éloignée ? ne seroit-ce point ſon ombre qui viendroit après ſa mort des rives du Styx ?

Pendant qu'il étoit dans ce doute, Hégéſippe arriva ſi proche de lui, qu'il ne put s'empêcher de le reconnoître & de l'embraſser. Eſt-ce donc vous, dit-il, mon cher & ancien ami ? quel haſard, quelle tempête vous a jetté ſur ce rivage ? pourquoi avez-vous abandonné l'isle de Crete ? eſt-ce une diſgrace ſemblable à la mienne qui vous arrache à notre patrie ?

Hégéſippe lui répondit : Ce n'eſt point une diſgrace ; au contraire, c'eſt la faveur des Dieux qui m'amene ici. Auſſi-tôt il lui raconta la longue tyrannie de Protéſilas, ſes intrigues avec Timocrate, les malheurs où ils avoient précipité Idoménée, la chûte de ce Prince, ſa fuite ſur les côtes de l'Heſpérie, la fondation de Salente, l'arrivée de Mentor & de Télémaque, les ſages maximes dont Mentor avoit rempli l'eſprit du Roi, & la diſgrace des deux traîtres : il ajouta qu'il les avoit menés à Samos pour y souffrir l'exil qu'ils avoient fait souffrir à Philoclès ; & il finit en lui disant qu'il avoit ordre de le conduire à Salente, où le Roi, qui connoissoit son innocence, vouloit lui confier ses affaires & le combler de biens.

Voyez-vous, lui répondit Philoclès, cette grotte, plus propre à cacher des bêtes sauvages qu'à être habitée par des hommes? j'y ai goûté depuis tant d'années plus de douceur & de repos que dans les palais dorés de l'isle de Crete. Les hommes ne me trompent plus ; car je ne vois plus les hommes, je n'entends plus leurs discours flatteurs & empoisonnés : je n'ai plus besoin d'eux ; mes mains endurcies au travail me donnent facilement la nourriture simple qui m'est nécessaire : il ne me faut, comme vous voyez, qu'une légere étoffe pour me couvrir. N'ayant plus de besoins, jouissant d'un calme profond & d'une douce liberté, dont la sagesse de mes livres m'apprend à faire un bon usage, qu'irois-je encore chercher parmi les hommes jaloux, trompeurs

& inconſtants ? Non, non, mon cher Hégéſippe, ne m'enviez point mon bonheur. Protéſilas s'eſt trahi lui-même, voulant trahir le Roi, & me perdre ; mais il ne m'a fait aucun mal : au contraire, il m'a fait le plus grand des biens, il m'a délivré du tumulte & de la ſervitude des affaires : je lui dois ma chere ſolitude, & tous les plaiſirs innocents que j'y goûte.

Retournez, ô Hégéſippe ! retournez vers le Roi : aidez-lui à ſupporter les miſeres de la grandeur, & faites auprès de lui ce que vous voudriez que je fiſſe. Puiſque ſes yeux, ſi long-temps fermés à la vérité, ont été enfin ouverts par cet homme ſage que vous nommez Mentor, qu'il le retienne auprès de lui. Pour moi, après mon naufrage, il ne me convient pas de quitter le port où la tempête m'a heureuſement jetté, pour me remettre à la merci des flots. Oh ! que les Rois ſont à plaindre ! oh ! que ceux qui les ſervent ſont dignes de compaſſion ! S'ils ſont méchants, combien font-ils ſouffrir les hommes ! & quels tourments leur ſont préparés dans le noir Tartare ! s'ils sont bons, quelles difficultés n'ont-ils pas à vaincre ! quels pieges à éviter ! que de maux à souffrir ! Encore une fois, Hégésippe, laissez-moi dans mon heureuse pauvreté.

Pendant que Philoclès parloit ainsi avec beaucoup de véhémence, Hégésippe le regardoit avec étonnement. Il l'avoit vu autrefois en Crete, pendant qu'il gouvernoit les plus grandes affaires, maigre, languissant, épuisé ; c'est que son naturel ardent & austere le consumoit dans le travail ; il ne pouvoit voir, sans indignation, le vice impuni ; il vouloit, dans les affaires, une certaine exactitude qu'on n'y trouve jamais : ainsi ces emplois détruisoient sa santé délicate. Mais à Samos Hégésippe le voyoit gras & vigoureux : malgré les ans, la jeunesse fleurie s'étoit renouvellée sur son visage ; une vie sobre, tranquille & laborieuse, lui avoit fait comme un nouveau tempérament.

Vous êtes surpris de me voir si changé, dit alors Philoclès en souriant ; c'est ma ſolitude qui m'a donné cette fraîcheur & cette ſanté parfaite : mes ennemis m'ont donné ce que je n'aurois jamais pu trouver dans la plus grande fortune. Voulez-vous que je perde les vrais biens pour courir après les faux, & pour me replonger dans mes anciennes miſeres ? ne ſoyez pas plus cruel que Protéſilas ; du moins ne m'enviez pas le bonheur que je tiens de lui.

Alors Hégéſippe lui repréſenta, mais inutilement, tout ce qu'il crut propre à le toucher. Etes-vous donc, lui diſoit-il, inſenſible au plaiſir de revoir vos proches & vos amis, qui ſoupirent après votre retour, & que la ſeule eſpérance de vous embraſser comble de joie ? Mais vous, qui craignez les Dieux, & qui aimez votre devoir, comptez-vous pour rien de ſervir votre Roi, de l'aider dans tous les biens qu'il veut faire, & de rendre tant de peuples heureux ? Eſt-il permis de s'abandonner à une philoſophie ſauvage, de ſe préférer à tout le reſte du genre humain, & d'aimer mieux ſon repos que le bonheur de ſes concitoyens ? Au reſte, on croira que c'eſt par reſsentiment que vous ne voulez plus voir le Roi. S'il vous a voulu faire du mal, c'eſt qu'il ne vous a point connu : ce n'étoit pas le véritable, le bon, le juſte Philoclès, qu'il a voulu faire périr ; c'étoit un homme bien différent qu'il vouloit punir. Mais maintenant qu'il vous connoît, & qu'il ne vous prend plus pour un autre, il ſent toute ſon ancienne amitié revivre dans ſon cœur : il vous attend ; déjà il vous tend les bras pour vous embraſser ; dans ſon impatience, il compte les jours & les heures. Aurez-vous le cœur aſsez dur pour être inexorable à votre Roi & à tous vos plus tendres amis ?

Philoclès, qui avoit d'abord été attendri en reconnoiſsant Hégéſippe, reprit ſon air auſtere en écoutant ce diſcours. Semblable à un rocher contre lequel les vents combattent en vain, & où toutes les vagues vont ſe briſer en gémiſsant, il demeuroit immobile ; & les prieres ni les raiſons ne trouvoient aucune ouverture pour entrer dans ſon cœur. Mais au moment où

Hégésippe commençoit à désespérer de le vaincre, Philoclès, ayant consulté les Dieux, découvrit, par le vol des oiseaux, par les entrailles des victimes, & par divers autres présages, qu'il devoit suivre Hégésippe.

Alors il ne résista plus, il se prépara à partir ; mais ce ne fut pas sans regretter le désert où il avoit passé tant d'années. Hélas ! disoit-il, faut-il que je vous quitte, ô aimable grotte, où le sommeil paisible venoit toutes les nuits me délasser des travaux du jour ! ici les Parques me filoient, au milieu de ma pauvreté, des jours d'or & de soie. Il se prosterna, en pleurant, pour adorer la Naïade qui l'avoit si long-temps désaltéré par son onde claire, & les Nymphes qui habitoient dans toutes les montagnes voisines. Echo entendit ses regrets, &, d'une triste voix, les répéta à toutes les divinités champêtres.

Ensuite Philoclès vint à la ville avec Hégésippe pour s'embarquer. Il crut que le malheureux Protésilas, plein de honte & de ressentiment, ne voudroit point le voir :

mais il se trompoit ; car les hommes corrompus n'ont aucune pudeur, & ils sont toujours prêts à toute sorte de basseße. Philoclès se cachoit modestement de peur d'être vu par ce misérable : il craignoit d'augmenter sa misere en lui montrant la prospérité d'un ennemi qu'on alloit élever sur ses ruines. Mais Protésilas cherchoit avec empresement Philoclès ; il vouloit lui faire pitié, & l'engager à demander au Roi qu'il pût retourner à Salente. Philoclès étoit trop sincere pour lui promettre de travailler à le faire rappeller, car il savoit mieux que personne combien son retour eût été pernicieux : mais il lui parla fort doucement, lui témoigna de la compassion, tâcha de le consoler, l'exhorta à appaiser les Dieux par des mœurs pures & par une grande patience dans ses maux. Comme il avoit appris que le Roi avoit ôté à Protésilas tous ses biens injustement acquis, il lui promit deux choses, qu'il exécuta fidèlement dans la suite : l'une fut de prendre soin de sa femme & de ses enfants, qui étoient demeurés à Salente dans une affreuse pauvreté, exposés à l'indignation publique ; l'autre étoit d'envoyer à Protésilas, dans cette isle éloignée, quelque secours d'argent pour adoucir sa misere.

Cependant les voiles s'enflent d'un vent favorable. Hégésippe, impatient, se hâte de faire partir Philoclès. Protésilas les voit embarquer : ses yeux demeurent attachés & immobiles sur le rivage ; ils suivent le vaisseau qui fend les ondes, & que le vent éloigne toujours. Lors même qu'il ne peut plus le voir, il en repeint encore l'image dans son esprit. Enfin, troublé, furieux, livré à son désespoir, il s'arrache les cheveux, se roule sur le sable, reproche aux Dieux leur rigueur, appelle en vain à son secours la cruelle mort, qui, sourde à ses prieres, ne daigne le délivrer de tant de maux, & qu'il n'a pas le courage de se donner lui-même.

Cependant le vaisseau, favorisé de Neptune & des vents, arriva bientôt à Salente. On vint dire au Roi qu'il entroit déjà dans le port : aussi-tôt il courut avec Mentor au-devant de Philoclès ; il l'embraſsa tendrement, lui témoigna un ſenſible regret de l'avoir persécuté avec tant d'injuſtice. Cet aveu, bien loin de paroître une foibleſse dans un Roi, fut regardé par tous les Salentins comme l'effort d'une grande ame, qui s'éleve au-deſsus de ſes propres fautes en les avouant avec courage pour les réparer. Tout le monde pleuroit de joie de revoir l'homme de bien qui avoit toujours aimé le peuple, & d'entendre le Roi parler avec tant de ſageſse & de bonté.

Philoclès, avec un air reſpectueux & modeſte, recevoit les careſses du Roi, & avoit impatience de ſe dérober aux acclamations du peuple ; il ſuivit le Roi au palais. Bientôt Mentor & lui furent dans la même confiance que s'ils avoient paſsé leur vie enſemble, quoiqu'ils ne ſe fuſsent jamais vus ; c'eſt que les Dieux, qui ont refusé aux méchants des yeux pour connoître les bons, ont donné aux bons de quoi ſe connoître les uns les autres. Ceux qui ont le goût de la vertu ne peuvent être enſemble ſans être unis par la vertu qu'ils aiment.

Bientôt Philoclès demanda au Roi de ſe retirer auprès de Salente dans une ſolitude, où il continua à vivre pauvrement comme il avoit vécu à Samos. Le Roi alloit avec Mentor le voir preſque tous les jours dans ſon déſert. C'eſt là qu'on examinoit les moyens d'affermir les loix, & de donner une forme ſolide au gouvernement pour le bonheur public.

Les deux principales choſes qu'on examina furent l'éducation des enfants & la maniere de vivre pendant la paix.

Pour les enfants, Mentor diſoit qu'ils appartiennent moins à leurs parents qu'à la république; ils sont les enfants du peuple, ils en sont l'eſpérance & la force, il n'eſt pas temps de les corriger quand ils ſe sont corrompus. C'eſt peu que de les exclure des emplois, lorſqu'on voit qu'ils s'en sont rendus indignes : il vaut bien mieux prévenir le mal, que d'être réduit à le punir. Le Roi, ajoutoit-il, qui eſt le pere de tout ſon peuple, eſt encore plus particulièrement le pere de toute la jeunesse, qui est la fleur de toute la nation. C'est dans la fleur qu'il faut préparer les fruits : que le Roi ne dédaigne donc pas de veiller & de faire veiller sur l'éducation qu'on donne aux enfants ; qu'il tienne ferme pour faire observer les loix de Minos, qui ordonnent qu'on éleve les enfants dans le mépris de la douleur & de la mort. Qu'on mette l'honneur à fuir les délices & les richesses : que l'injustice, le mensonge, l'ingratitude, la mollesse, passent pour des vices infâmes. Qu'on leur apprenne dès leur tendre enfance à chanter les louanges des héros qui ont été aimés des Dieux, qui ont fait des actions généreuses pour leur patrie, & qui ont fait éclater leur courage dans les combats : que le charme de la musique saisisse leurs ames pour rendre leurs mœurs douces & pures. Qu'ils apprennent à être tendres pour leurs amis, fideles à leurs alliés, équitables pour tous les hommes, même pour leurs plus cruels ennemis : qu'ils craignent moins la mort & les tourments, que le moindre reproche de leur conscience. Si de bonne heure on remplit les enfants de ces grandes maximes, & qu'on les faſse entrer dans leur cœur par la douceur du chant, il y en aura peu qui ne s'enflamment de l'amour de la gloire & de la vertu.

Mentor ajoutoit qu'il étoit capital d'établir des écoles publiques pour accoutumer la jeuneſse aux plus rudes exercices du corps, & pour éviter la molleſse & l'oiſiveté, qui corrompent les plus beaux naturels : il vouloit une grande variété de jeux & de ſpectacles qui animaſsent tout le peuple, mais ſur-tout qui exerçaſsent les corps pour les rendre adroits, ſouples, vigoureux : il ajoutoit des prix, pour exciter une noble émulation. Mais ce qu'il ſouhaitoit le plus pour les bonnes mœurs, c'eſt que les jeunes gens ſe mariaſsent de bonne heure, & que leurs parents, ſans aucune vue d'intérêt, leur laiſsaſsent choiſir des femmes agréables de corps & d'eſprit, auxquelles ils puſsent s'attacher.

Mais pendant qu'on préparoit ainſi les moyens de conſerver la jeuneſse pure, innocente, laborieuſe, docile, & paſſionnée pour la gloire, Philoclès, qui aimoit la guerre, diſoit à Mentor : En vain vous occuperez les jeunes gens à tous ces exercices, ſi vous les laiſsez languir dans une paix continuelle, où ils n'auront aucune expérience de la guerre, ni aucun beſoin de s'éprouver ſur la valeur. Par-là vous affoiblirez inſenſiblement la nation, les courages s'amolliront, les délices corrompront les mœurs. D'autres peuples belliqueux n'auront aucune peine à les vaincre ; &, pour avoir voulu éviter les maux que la guerre entraîne après elle, ils tomberont dans une affreuſe ſervitude.

Mentor lui répondit : Les maux de la guerre sont encore plus horribles que vous ne penſez. La guerre épuiſe un Etat & le met toujours en danger de périr, lors même qu'on remporte les plus grandes victoires. Avec quelques avantages qu'on la commence, on n'eſt jamais sûr de la finir sans être exposé aux plus tragiques renverſements de la fortune. Avec quelque ſupériorité de force qu'on s'engage dans un combat, le moindre mécompte, une terreur panique, un rien vous arrache la victoire qui étoit déjà dans vos mains, & la transporte chez vos ennemis. Quand même on tiendroit dans son camp la victoire comme enchaînée, on se détruit soi-même en détruisant ses ennemis ; on dépeuple son pays ; on laisse les terres presque incultes ; on trouble le commerce : mais ce qui est bien pis, on affoiblit les meilleures loix, & on laisse corrompre les mœurs ; la jeunesse ne s'adonne plus aux lettres ; le pressant besoin fait qu'on souffre une licence pernicieuse dans les troupes ; la justice, la police, tout souffre de ce désordre. Un Roi qui verse le sang de tant d'hommes, & qui cause tant de malheurs pour acquérir un peu de gloire ou pour étendre les bornes de son royaume, est indigne de la gloire qu'il cherche, & mérite de perdre ce qu'il possede, pour avoir voulu usurper ce qui ne lui appartient pas.

Mais voici le moyen d'exercer le courage

d'une nation en temps de paix. Vous avez déjà vu les exercices du corps que nous établiſsons, les prix qui exciteront l'émulation, les maximes de gloire & de vertu dont on remplira les ames des enfants preſque dès le berceau par le chant des grandes actions des héros; ajoutez à ces ſecours celui d'une vie ſobre & laborieuſe. Mais ce n'eſt pas tout : auſſi-tôt qu'un peuple allié de votre nation aura une guerre, il faut y envoyer la fleur de votre jeuneſse, ſur-tout ceux en qui on remarquera le génie de la guerre, & qui seront les plus propres à profiter de l'expérience. Par-là vous conſerverez une haute réputation chez vos alliés : votre alliance sera recherchée, on craindra de la perdre : ſans avoir la guerre chez vous & à vos dépens, vous aurez toujours une jeuneſse aguerrie & intrépide. Quoique vous ayez la paix chez vous, vous ne laiſserez pas de traiter avec de grands honneurs ceux qui auront le talent de la guerre : car le vrai moyen d'éloigner la guerre & de conſerver une longue paix, c'eſt de cultiver les armes;

c'eſt d'honorer les hommes excellant dans cette profeſſion ; c'eſt d'en avoir toujours qui s'y ſoient exercés dans les pays étrangers, qui connoiſsent les forces, la diſcipline militaire, & les manieres de faire la guerre, des peuples voiſins; c'eſt d'être également incapable & de faire la guerre par ambition & de la craindre par mollesse. Alors, étant toujours prêt à la faire pour la néceſſité, on parvient à ne l'avoir preſque jamais.

Pour les alliés, quand ils sont prêts à ſe faire la guerre les uns aux autres, c'eſt à vous à vous rendre médiateur. Par-là vous acquérez une gloire plus ſolide & plus sûre que celle des conquérants; vous gagnez l'amour & l'eſtime des étrangers; ils ont tous beſoin de vous; vous régnez ſur eux par la confiance, comme vous régnez ſur vos ſujets par l'autorité; vous devenez le dépoſitaire des ſecrets, l'arbitre des traités, le maître des cœurs; votre réputation vole dans tous les pays les plus éloignés; votre nom eſt comme un parfum délicieux qui s'exhale de pays en pays chez les peuples les plus reculés. En cet état, qu'un peuple voisin vous attaque contre les regles de la justice, il vous trouve aguerri, préparé : mais ce qui est bien plus fort, il vous trouve aimé, & secouru ; tous vos voisins s'alarment pour vous, & sont persuadés que votre conservation fait la sûreté publique. Voilà un rempart bien plus asuré que toutes les murailles des villes, & que toutes les places les mieux fortifiées: voilà la véritable gloire. Mais qu'il y a peu de Rois qui sachent la chercher, & qui ne s'en éloignent point ! ils courent après une ombre trompeuse, & laisent derriere eux le vrai honneur, faute de le connoître.

Après que Mentor eut parlé ainsi, Philoclès étonné le regardoit; puis il jettoit les yeux sur le Roi, & étoit charmé de voir avec quelle avidité Idoménée recueilloit au fond de son cœur toutes les paroles qui sortoient comme un fleuve de sagesse de la bouche de cet étranger.

Minerve, sous la figure de Mentor, établissoit ainsi dans Salente toutes les meilleures loix & les plus utiles maximes du gouvernement, moins pour faire fleurir le royaume d'Idoménée, que pour montrer à Télémaque, quand il reviendroit, un exemple sensible de ce qu'un sage gouvernement peut faire pour rendre les peuples heureux, & pour donner à un bon Roi une gloire durable.

*Fin du quatorzieme Livre.*

## SOMMAIRE

### DU LIVRE QUINZIEME.

Télémaque, au camp des alliés, gagne l'inclination de Philoctete, d'abord indisposé contre lui à cause d'Ulysse son pere. Philoctete lui raconte ses aventures, où il fait entrer les particularités de la mort d'Hercule, causée par la tunique empoisonnée que le Centaure Nessus avoit donnée à Déjanire. Il lui explique comment il obtint de ce héros ses fleches fatales, sans lesquelles la ville de Troie ne pouvoit être prise; comment il fut puni d'avoir trahi son secret, par tous les maux qu'il souffrit dans l'isle de Lemnos, & comme Ulysse se servit de Néoptoleme pour l'engager à aller au siege de Troie, où il fut guéri de sa blessure par le fils d'Esculape.

# LIVRE QUINZIEME.

CEPENDANT Télémaque montroit ſon courage dans les périls de la guerre. En partant de Salente, il s'appliqua à gagner l'affection des vieux Capitaines dont la réputation & l'expérience étoient au comble. Neſtor, qui l'avoit déjà vu à Pylos, & qui avoit toujours aimé Ulyſse, le traitoit comme s'il eût été ſon propre fils. Il lui donnoit des inſtructions, qu'il appuyoit de divers exemples; il lui racontoit toutes les aventures de ſa jeuneſse, & tout ce qu'il avoit vu faire de plus remarquable aux héros de l'âge paſsé. La mémoire de ce ſage vieillard, qui avoit vécu trois âges d'homme, étoit comme une hiſtoire des anciens temps gravée ſur le marbre & ſur l'airain.

Philoctete n'eut pas d'abord la même inclination que Neſtor pour Télémaque: la haine qu'il avoit nourrie ſi long-temps dans ſon cœur contre Ulyſse l'éloignoit de ſon fils ; & il ne pouvoit voir qu'avec peine tout ce qu'il ſembloit que les Dieux préparoient en faveur de ce jeune homme, pour le rendre égal aux héros qui avoient renversé la ville de Troie. Mais enfin la modération de Télémaque vainquit tous les reſsentiments de Philoctete ; il ne put ſe défendre d'aimer cette vertu douce & modeſte. Il prenoit ſouvent Télémaque, & lui diſoit : Mon fils (car je ne crains plus de vous nommer ainſi), votre pere & moi, je l'avoue, nous avons été long-temps ennemis l'un de l'autre : j'avoue même qu'après que nous eûmes fait tomber la ſuperbe ville de Troie mon cœur n'étoit point encore appaisé ; & quand je vous ai vu, j'ai ſenti de la peine à aimer la vertu dans le fils d'Ulyſse. Je me le suis ſouvent reproché. Mais enfin la vertu, quand elle eſt douce, ſimple, ingénue & modeſte, ſurmonte tout. Enſuite Philoctete s'engagea inſenſiblement à lui raconter ce qui avoit allumé dans ſon cœur tant de haine contre Ulyſse.

Il faut, dit-il, reprendre mon hiſtoire de plus haut. Je ſuivois par-tout le grand Hercule qui a délivré la terre de tant de monſtres, & devant qui les autres héros n'étoient que comme sont les foibles roſeaux auprès d'un grand chêne, ou comme les moindres oiſeaux en préſence de l'aigle. Ses malheurs & les miens vinrent d'une paſſion qui cauſe tous les déſaſtres les plus affreux, c'eſt l'amour. Hercule, qui avoit vaincu tant de monſtres, ne pouvoit vaincre cette paſſion honteuſe, & le cruel enfant Cupidon ſe jouoit de lui. Il ne pouvoit ſe reſſouvenir ſans rougir de honte, qu'il avoit autrefois oublié ſa gloire juſqu'à filer auprès d'Omphale, Reine de Lydie, comme le plus lâche & le plus efféminé de tous les hommes : tant il avoit été entraîné par un amour aveugle. Cent fois il m'a avoué que cet endroit de ſa vie avoit terni ſa vertu, & preſque effacé la gloire de tous ſes travaux.

Cependant, ô Dieux! telle eſt la foibleſſe & l'inconſtance des hommes, ils ſe promettent tout d'eux-mêmes, & ne résiſtent à rien. Hélas! le grand Hercule retomba dans les pieges de l'amour qu'il avoit ſi ſouvent déteſté : il aima Déjanire. Trop heureux s'il eût été conſtant dans cette paſſion pour une femme qui fut ſon épouſe! Mais bientôt la jeuneſse d'Iole, ſur le viſage de laquelle les graces étoient peintes, ravit ſon cœur. Déjanire brûla de jalouſie; elle ſe reſsouvint de cette fatale tunique que le Centaure Neſsus lui avoit laiſsée en mourant, comme un moyen aſsuré de réveiller l'amour d'Hercule toutes les fois qu'il paroîtroit la négliger pour en aimer quelque autre. Cette tunique, pleine du ſang venimeux du Centaure, renfermoit le poiſon des fleches dont ce monſtre avoit été percé. Vous ſavez que les fleches d'Hercule, qui tua ce perfide Centaure, avoient été trempées dans le ſang de l'hydre de Lerne, & que ce ſang empoiſonnoit ces fleches, en ſorte que toutes les bleſsures qu'elles faiſoient étoient incurables.

Hercule, s'étant revêtu de cette tunique, ſentit bientôt le feu dévorant qui ſe gliſsoit juſques dans la moelle de ſes os : il pouſsoit des cris horribles dont le mont Oéta réſonnoit & faiſoit retentir toutes les profondes vallées; la mer même en paroiſsoit émue : les taureaux les plus furieux qui auroient mugi dans leurs combats n'auroient pas fait un bruit auſſi affreux. Le malheureux Lichas, qui lui avoit apporté de la part de Déjanire cette tunique, ayant osé s'approcher de lui, Hercule, dans le tranſport de ſa douleur, le prit, le fit pirouetter comme un frondeur fait avec ſa fronde tourner la pierre qu'il veut jetter loin de lui. Ainſi Lichas, lancé du haut de la montagne par la puiſsante main d'Hercule, tomba dans les flots de la mer, où il fut changé tout-à-coup en un rocher qui garde encore la figure humaine, & qui, étant toujours battu par les vagues irritées, épouvante de loin les ſages pilotes.

Après ce malheur de Lichas, je crus que je ne pouvois plus me fier à Hercule; je ſongeois à me cacher dans les cavernes les plus profondes. Je le voyois déraciner ſans peine, d'une main, les hauts ſapins & les vieux chênes, qui, depuis pluſieurs ſiecles, avoient mépriſé les vents & les tempêtes. De l'autre main, il tâchoit en vain d'arracher de deſſus ſon dos la fatale tunique; elle s'étoit collée ſur ſa peau, & comme incorporée à ſes membres. A meſure qu'il la déchiroit, il déchiroit auſſi ſa peau & ſa chair; ſon ſang ruiſseloit, & trempoit la terre. Enfin, ſa vertu ſurmontant ſa douleur, il s'écria : Tu vois, ô mon cher Philoctete, les maux que les Dieux me font ſouffrir : ils sont juſtes; c'eſt moi qui les ai offensés; j'ai violé l'amour conjugal. Après avoir vaincu tant d'ennemis, je me suis lâchement laiſsé vaincre par l'amour d'une beauté étrangere : je péris; & je suis content de périr pour appaiſer les Dieux. Mais hélas! cher ami, où eſt-ce que tu fuis? L'excès de la douleur m'a fait commettre, il eſt vrai, contre ce miſérable Lichas, une cruauté que je me reproche; il n'a pas ſu quel poiſon il me préſentoit; il n'a point mérité ce que je lui ai fait souffrir : mais crois-tu que je puisse oublier l'amitié que je te dois, & vouloir t'arracher la vie ? Non, non, je ne cesserai point d'aimer Philoctete. Philoctete recevra dans son sein mon ame prête à s'envoler : c'est lui qui recueillera mes cendres. Où es-tu donc, ô mon cher Philoctete ? Philoctete, la seule espérance qui me reste ici-bas !

A ces mots, je me hâte de courir vers lui : il me tend les bras, & veut m'embrasser ; mais il se retient, dans la crainte d'allumer dans mon sein le feu cruel dont il est lui-même brûlé. Hélas ! dit-il, cette consolation même ne m'est plus permise. En parlant ainsi, il assemble tous ces arbres qu'il vient d'abattre ; il en fait un bûcher sur le sommet de la montagne ; il monte tranquillement sur le bûcher ; il étend la peau du lion de Némée, qui avoit si long-temps couvert ses épaules lorsqu'il alloit d'un bout de la terre à l'autre abattre les monstres & délivrer les malheureux ; il s'appuie sur sa massue ; & il m'ordonne d'allumer le feu du bûcher.

Mes mains tremblantes & ſaiſies d'horreur ne purent lui refuſer ce cruel office ; car la vie n'étoit plus pour lui un préſent des Dieux, tant elle lui étoit funeſte : je craignis même que l'excès de ſes douleurs ne le tranſportât juſqu'à faire quelque choſe d'indigne de cette vertu qui avoit étonné l'univers. Comme il vit que la flamme commençoit à prendre au bûcher : C'eſt maintenant, s'écria-t-il, mon cher Philoctete, que j'éprouve ta véritable amitié ; car tu aimes mon honneur plus que ma vie. Que les Dieux te le rendent ! Je te laiſſe ce que j'ai de plus précieux ſur la terre, ces fleches trempées dans le ſang de l'hydre de Lerne. Tu sais que les bleſsures qu'elles font sont incurables ; par elles tu seras invincible, comme je l'ai été, & aucun mortel n'oſera combattre contre toi. Souviens-toi que je meurs fidele à notre amitié, & n'oublie jamais combien tu m'as été cher. Mais s'il eſt vrai que tu sois touché de mes maux, tu peux me donner une derniere conſolation : promets-moi de ne découvrir jamais à aucun mortel ni ma mort ni le lieu où tu auras caché mes cendres. Je le lui promis, hélas ! je le jurai même en arrosant son bûcher de mes larmes. Un rayon de joie parut dans ses yeux ; mais tout-à-coup un tourbillon de flamme qui l'enveloppa étouffa sa voix, & le déroba presque à ma vue. Je le voyois encore néanmoins au travers des flammes, avec un visage aussi serein que s'il eût été couronné de fleurs & couvert de parfums dans la joie d'un festin délicieux, au milieu de tous ses amis.

Le feu consuma bientôt tout ce qu'il y avoit de terrestre & de mortel en lui. Bientôt il ne lui resta rien de tout ce qu'il avoit reçu dans sa naissance de sa mere Alcmene : mais il conserva, par l'ordre de Jupiter, cette nature subtile & immortelle, cette flamme céleste qui est le vrai principe de vie, & qu'il avoit reçue du Pere des Dieux. Ainsi il alla avec eux, sous les voûtes dorées du brillant Olympe, boire le nectar, où les Dieux lui donnerent pour épouse l'aimable Hébé, qui est la Déesse de la jeunefse, & qui verfoit le nectar dans la coupe du grand Jupiter, avant que Ganymede eût reçu cet honneur.

Pour moi, je trouvai une fource inépuifable de douleurs dans ces fleches qu'il m'avoit données pour m'élever au-deffus de tous les héros. Bientôt les Rois ligués entreprirent de venger Ménélas de l'infâme Pâris, qui avoit enlevé Hélene, & de renverfer l'empire de Priam. L'oracle d'Apollon leur fit entendre qu'ils ne devoient point efpérer de finir heureufement cette guerre, à moins qu'ils n'eufsent les fleches d'Hercule.

Ulyfse votre pere, qui étoit toujours le plus éclairé & le plus induftrieux dans tous les confeils, fe chargea de me perfuader d'aller avec eux au fiege de Troie, & d'y apporter les fleches qu'il croyoit que j'avois. Il y avoit déjà long-temps qu'Hercule ne paroifsoit plus fur la terre : on n'entendoit plus parler d'aucun nouvel exploit de ce héros : les monftres & les fcélérats recommençoient à paroître impunément.

Les Grecs ne ſavoient que croire de lui : les uns diſoient qu'il étoit mort ; d'autres ſoutenoient qu'il étoit allé juſques sous l'ourſe glacée domter les Scythes. Mais Ulyſse ſoutint qu'il étoit mort, & entreprit de me le faire avouer : il me vint trouver dans un temps où je ne pouvois encore me conſoler d'avoir perdu le grand Alcide. Il eut une peine extrême à m'aborder ; car je ne pouvois plus voir les hommes : je ne pouvois ſouffrir qu'on m'arrachât de ces déſerts du mont Oéta, où j'avois vu périr mon ami ; je ne ſongeois qu'à me repeindre l'image de ce héros, & qu'à pleurer à la vue de ces triſtes lieux. Mais la douce & puiſsante perſuaſion étoit ſur les levres de votre pere : il parut preſque auſſi affligé que moi ; il verſa des larmes ; il sut gagner inſenſiblement mon cœur & attirer ma confiance ; il m'attendrit pour les Rois grecs qui alloient combattre pour une juſte cauſe, & qui ne pouvoient réuſſir ſans moi. Il ne put jamais néanmoins m'arracher le ſecret de la mort d'Hercule, que j'avois juré de ne dire jamais; mais il ne doutoit point qu'il ne fût mort, & il me prefsoit de lui découvrir le lieu où j'avois caché fes cendres.

Hélas ! j'eus horreur de faire un parjure en lui difant un fecret que j'avois promis aux Dieux de ne dire jamais; j'eus la foiblefse d'éluder mon ferment, n'ofant le violer ; les Dieux m'en ont puni : je frappai du pied la terre à l'endroit où j'avois mis les cendres d'Hercule. Enfuite j'allai joindre les Rois ligués, qui me reçurent avec la même joie qu'ils auroient reçu Hercule même. Comme je pafsois dans l'isle de Lemnos, je voulus montrer à tous les Grecs ce que mes fleches pouvoient faire ; me préparant à percer un daim qui fe lançoit dans un bois, je laifsai par mégarde tomber la fleche de l'arc fur mon pied, & elle me fit une blefsure que je refsens encore. Aufsi-tôt j'éprouvai les mêmes douleurs qu'Hercule avoit fouffertes ; je remplifsois nuit & jour l'isle de mes cris ; un fang noir & corrompu coulant de ma plaie infectoit l'air, & répandoit dans le camp des Grecs une puanteur capable de suffoquer les hommes les plus vigoureux. Toute l'armée eut horreur de me voir dans cette extrémité ; chacun conclut que c'étoit un supplice qui m'étoit envoyé par les justes Dieux.

Ulysse, qui m'avoit engagé dans cette guerre, fut le premier à m'abandonner. J'ai reconnu, depuis, qu'il l'avoit fait parcequ'il préféroit l'intérêt commun de la Grece, & la victoire, à toutes les raisons d'amitié & de bienséance particuliere. On ne pouvoit plus sacrifier dans le camp, tant l'horreur de ma plaie, son infection, & la violence de mes cris, troubloient toute l'armée. Mais au moment où je me vis abandonné de tous les Grecs par les conseils d'Ulysse, cette politique me parut pleine de la plus horrible inhumanité & de la plus noire trahison. Hélas! j'étois aveugle, & je ne voyois pas qu'il étoit juste que les plus sages hommes fussent contre moi, de même que les Dieux que j'avois irrités.

Je demeurai, presque pendant tout le siege

de Troie, ſeul, ſans ſecours, ſans eſpérance, ſans ſoulagement, livré à d'horribles douleurs, dans cette isle déſerte & ſauvage, où je n'entendois que le bruit des vagues de la mer qui ſe briſoient contre les rochers. Je trouvai, au milieu de cette ſolitude, une caverne vuide dans un rocher qui élevoit vers le ciel deux pointes ſemblables à deux têtes : de ce rocher ſortoit une fontaine claire. Cette caverne étoit la retraite des bêtes farouches, à la fureur deſquelles j'étois exposé nuit & jour. J'amaſsai quelques feuilles pour me coucher. Il ne me reſtoit pour tout bien qu'un pot de bois groſſièrement travaillé, & quelques habits déchirés, dont j'enveloppois ma plaie pour arrêter le ſang, & dont je me ſervois auſſi pour la nettoyer. Là, abandonné des hommes, & livré à la colere des Dieux, je paſsois mon temps à percer de mes fleches les colombes & les autres oiſeaux qui voloient autour de ce rocher. Quand j'avois tué quelque oiſeau pour ma nourriture, il falloit que je me traînaſse contre terre avec douleur pour aller ramaſser ma proie : ainſi mes mains me préparoient de quoi me nourrir.

Il eſt vrai que les Grecs en partant me laiſserent quelques proviſions : mais elles durerent peu. J'allumois du feu avec des cailloux. Cette vie, toute affreuſe qu'elle eſt, m'eût paru douce loin des hommes ingrats & trompeurs, ſi la douleur ne m'eût accablé, & ſi je n'euſse ſans ceſse repaſsé dans mon eſprit ma triſte aventure. Quoi! diſois-je, tirer un homme de ſa patrie, comme le ſeul homme qui puiſse venger la Grece, & puis l'abandonner dans cette isle déſerte pendant ſon ſommeil ! car ce fut pendant mon ſommeil que les Grecs partirent. Jugez quelle fut ma ſurpriſe, & combien je verſai de larmes à mon réveil, quand je vis les vaiſseaux fendre les ondes. Hélas ! cherchant de tous côtés dans cette isle ſauvage & horrible, je n'y trouvai que la douleur.

Dans cette isle il n'y a ni port, ni commerce, ni hoſpitalité, ni homme qui y aborde volontairement. On n'y voit que les malheureux que les tempêtes y ont jettés, & on n'y peut eſpérer de ſociété que par des naufrages : encore même ceux qui venoient en ce lieu n'oſoient me prendre pour me ramener ; ils craignoient la colere des Dieux & celle des Grecs. Depuis dix ans je ſouffrois la honte, la douleur, la faim ; je nourriſſois une plaie qui me dévoroit ; l'eſpérance même étoit éteinte dans mon cœur.

Tout-à-coup, revenant de chercher des plantes médicinales pour ma plaie, j'apperçus dans mon antre un jeune homme, beau, gracieux, mais fier & d'une taille de héros. Il me ſembla que je voyois Achille, tant il en avoit les traits, les regards & la démarche : ſon âge ſeul me fit comprendre que ce ne pouvoit être lui. Je remarquai ſur ſon viſage tout enſemble la compaſſion & l'embarras : il fut touché de voir avec quelle peine & quelle lenteur je me traînois : les cris perçants & douloureux dont je faiſois retentir les échos de ce rivage attendrirent ſon cœur.

O étranger ! lui dis-je d'asſez loin, quel malheur t'a conduit dans cette isle inhabitée ? je reconnois l'habit grec, cet habit qui m'eſt encore ſi cher. Oh ! qu'il me tarde d'entendre ta voix, & de trouver ſur tes levres cette langue que j'ai appriſe dès l'enfance, & que je ne puis plus parler à perſonne depuis ſi long-temps dans cette ſolitude ! Ne sois point effrayé de voir un homme ſi malheureux ; tu dois en avoir pitié.

A peine Néoptoleme m'eut dit, Je suis Grec, que je m'écriai : O douces paroles, après tant d'années de ſilence & de douleur ſans conſolation ! ô mon fils ! quel malheur, quelle tempête, ou plutôt quel vent favorable t'a conduit ici pour finir mes maux ? Il me répondit : Je suis de l'isle de Scyros, j'y retourne ; on dit que je suis fils d'Achille : tu sais tout.

Des paroles ſi courtes ne contentoient pas ma curioſité ; je lui dis : O fils d'un pere que j'ai tant aimé ! cher nourriſson de Lycomede, comment viens-tu donc ici ? d'où viens-tu ? Il me répondit qu'il venoit du ſiege de Troie. Tu n'étois pas, lui dis-je, de la premiere expédition. Et toi, me dit-il, en étois-tu ? Alors je lui répondis : Tu ne connois, je le vois bien, ni le nom de Philoctete ni ſes malheurs. Hélas ! infortuné que je ſuis, mes perſécuteurs m'inſultent dans ma miſere : la Grece ignore ce que je ſouffre ; ma douleur augmente. Les Atrides m'ont mis en cet état : que les Dieux le leur rendent !

Enſuite je lui racontai de quelle maniere les Grecs m'avoient abandonné. Auſſi-tôt qu'il eut écouté mes plaintes, il me fit les ſiennes. Après la mort d'Achille, me dit-il... ( D'abord je l'interrompis, en lui diſant : Quoi ! Achille eſt mort ! Pardonne-moi, mon fils, ſi je trouble ton récit par les larmes que je dois à ton pere ). Néoptoleme me répondit : Vous me conſolez en m'interrompant : qu'il m'eſt doux de voir Philoctete pleurer mon pere !

Néoptoleme, reprenant ſon diſcours, me dit : Après la mort d'Achille, Ulyſſe & Phénix me vinrent chercher, aſſurant qu'on ne pouvoit ſans moi renverſer la ville de Troie. Ils n'eurent aucune peine à m'emmener ; car la douleur de la mort d'Achille, & le deſir d'hériter de ſa gloire dans cette célebre guerre, m'engageoient aſsez à les ſuivre. J'arrive à Sigée : l'armée s'aſsemble autour de moi ; chacun jure qu'il revoit Achille : mais, hélas ! il n'étoit plus. Jeune & ſans expérience, je croyois pouvoir tout eſpérer de ceux qui me donnoient tant de louanges. D'abord je demande aux Atrides les armes de mon pere ; ils me répondent cruellement : Tu auras le reſte de ce qui lui appartenoit, mais pour ſes armes, elles sont deſtinées à Ulyſse.

Auſſi-tôt je me trouble, je pleure, je m'emporte : mais Ulyſse, ſans s'émouvoir, me diſoit : Jeune homme, tu n'étois pas avec nous dans les périls de ce long ſiege ; tu n'as pas mérité de telles armes, & tu parles déjà trop fièrement ; jamais tu ne les auras. Dépouillé injuſtement par Ulyſse, je m'en retourne dans l'isle de Scyros, moins indigné contre Ulyſse que contre les Atrides. Que quiconque eſt leur ennemi puiſſe être l'ami des Dieux ! O Philoctete ! j'ai tout dit.

Alors je demandai à Néoptoleme comment Ajax Télamonien n'avoit pas empêché cette injuſtice. Il eſt mort, me répondit-il. Il eſt mort ! m'écriai-je : & Ulyſſe ne meurt point ! au contraire, il fleurit dans l'armée ! Enſuite je lui demandai des nouvelles d'Antiloque, fils du ſage Neſtor, & de Patrocle, ſi chéri par Achille. Ils ſont morts auſſi, me dit-il. Auſſi-tôt je m'écriai encore : Quoi ! morts ! Hélas ! que me dis-tu ? Ainſi la cruelle guerre moiſſonne les bons, & épargne les méchants. Ulyſſe eſt donc en vie ? Therſite l'eſt auſſi ſans doute ? Voilà ce que font les Dieux ; & nous les louerions encore !

Pendant que j'étois dans cette fureur contre votre pere, Néoptoleme continuoit à me tromper ; il ajouta ces triſtes paroles : Loin de l'armée grecque, où le mal prévaut ſur le bien, je vais vivre content dans la ſauvage isle de Scyros. Adieu : je pars; que les Dieux vous guériſsent !

Auſſi-tôt je lui dis : O mon fils, je te conjure par les mânes de ton pere, par ta mere, par tout ce que tu as de plus cher ſur la terre, de ne me laiſser pas ſeul dans les maux que tu vois. Je n'ignore pas combien je te serai à charge; mais il y auroit de la honte à m'abandonner : jette-moi à la proue, à la pouppe, dans la ſentine même, par-tout où je t'incommoderai le moins. Il n'y a que les grands cœurs qui sachent combien il y a de gloire à être bon. Ne me laiſse point en un déſert où il n'y a aucun veſtige d'hommes; mene-moi dans ta patrie ou dans l'Eubée, qui n'eſt pas loin du mont Oéta, de Trachine, & des bords agréables du fleuve Sperchius : rends-moi à mon pere. Hélas! je crains qu'il ne ſoit mort! Je lui avois mandé de m'envoyer un vaiſseau : ou il eſt mort; ou bien ceux qui m'avoient promis de lui dire ma miſere ne l'ont pas fait. J'ai recours à toi, ô mon fils! ſouviens-toi de la fragilité des choſes humaines. Celui qui eſt dans la proſpérité doit craindre d'en abuſer, & ſecourir les malheureux.

Voilà ce que l'excès de la douleur me faiſoit dire à Néoptoleme; il me promit de m'emmener. Alors je m'écriai encore : O heureux jour! ô aimable Néoptoleme, digne de la gloire de ſon pere! chers compagnons de ce voyage, ſouffrez que je diſe adieu à cette triſte demeure. Voyez où j'ai vécu; comprenez ce que j'ai ſouffert : nul autre n'eût pu le ſouffrir ; mais la néceſſité m'avoit inſtruit, & elle apprend aux hommes ce qu'ils ne pourroient jamais ſavoir autrement. Ceux qui n'ont jamais ſouffert ne ſavent rien; ils ne connoiſsent ni les biens ni les maux; ils ignorent les hommes; ils s'ignorent eux-mêmes. Après avoir parlé ainſi, je pris mon arc & mes fleches.

Néoptoleme me pria de ſouffrir qu'il les baisât, ces armes ſi célebres & conſacrées par l'invincible Hercule. Je lui répondis : Tu peux tout; c'eſt toi, mon fils, qui me rends aujourd'hui la lumiere, ma patrie, mon pere accablé de vieilleſse, mes amis, moi-même : tu peux toucher ces armes, & te vanter d'être le ſeul d'entre les Grecs qui ait mérité de les toucher. Auſſi-tôt Néoptoleme entre dans ma grotte pour admirer mes armes.

Cependant une douleur cruelle me ſaiſit, elle me trouble, je ne sais plus ce que je fais; je demande un glaive tranchant pour couper mon pied; je m'écrie : O mort tant deſirée! que ne viens-tu? O jeune homme! brûle-moi tout-à-l'heure comme je brûlai le fils de Jupiter! O terre! ô terre! reçois un mourant qui ne peut plus ſe relever! De ce tranſport de douleur je tombai ſoudainement, ſelon ma coutume, dans un aſsoupiſsement profond; une grande ſueur commença à me ſoulager; un ſang noir & corrompu coula de ma plaie. Pendant mon ſommeil, il eût été facile à Néoptoleme d'emporter mes armes & de partir : mais il étoit fils d'Achille, & n'étoit pas né pour tromper.

En m'éveillant, je reconnus ſon embarras : il ſoupiroit, comme un homme qui ne sait pas dissimuler, & qui agit contre son cœur. Me veux-tu donc surprendre ? lui dis-je : qu'y a-t-il donc ? Il faut, me répondit-il, que vous me suiviez au siege de Troie. Je repris aussi-tôt : Ah ! qu'as-tu dit, mon fils ? Rends-moi cet arc ; je suis trahi ! ne m'arrache pas la vie. Hélas ! il ne répond rien ; il me regarde tranquillement, rien ne le touche. O rivages ! ô promontoires de cette isle ! ô bêtes farouches ! ô rochers escarpés ! c'est à vous que je me plains ; car je n'ai que vous à qui je puisse me plaindre : vous êtes accoutumés à mes gémissements. Faut-il que je sois trahi par le fils d'Achille ! Il m'enleve l'arc sacré d'Hercule ; il veut me traîner dans le camp des Grecs pour triompher de moi ; il ne voit pas que c'est triompher d'un mort, d'une ombre, d'une image vaine. Oh ! s'il m'eût attaqué dans ma force... ! mais, encore à présent, ce n'est que par surprise. Que ferai-je ? Rends, mon fils, rends : sois semblable à ton pere, semblable à toi-même. Que dis-tu ? Tu ne dis rien ! O rocher sauvage ! je reviens à toi, nu, misérable, abandonné, ſans nourriture; je mourrai ſeul dans cet antre : n'ayant plus mon arc pour tuer les bêtes, les bêtes me dévoreront; n'importe. Mais, mon fils, tu ne parois pas méchant, quelque conſeil te pouſſe, rends-moi mes armes, va-t'en.

Néoptoleme, les larmes aux yeux, diſoit tout bas : Plût aux Dieux que je ne fuſſe jamais parti de Scyros! Cependant je m'écrie : Ah! que vois-je? n'eſt-ce pas Ulyſſe? Auſſi-tôt j'entends ſa voix, & il me répond : Oui; c'eſt moi. Si le ſombre royaume de Pluton ſe fût entr'ouvert, & que j'euſſe vu le noir Tartare que les Dieux mêmes craignent d'entrevoir, je n'aurois pas été ſaiſi, je l'avoue, d'une plus grande horreur. Je m'écriai encore : O terre de Lemnos, je te prends à témoin! O ſoleil, tu le vois, & tu le ſouffres! Ulyſſe me répondit ſans s'émouvoir : Jupiter le veut, & je l'exécute. Oſes-tu, lui diſois-je, nommer Jupiter? Vois-tu ce jeune homme qui n'étoit point né pour la fraude, & qui ſouffre en exécutant ce que tu l'obliges de faire ? Ce n'est pas pour vous tromper, me dit Ulysse, ni pour vous nuire, que nous venons; c'est pour vous délivrer, vous guérir, vous donner la gloire de renverser Troie, & vous ramener dans votre patrie. C'est vous, & non pas Ulysse, qui êtes l'ennemi de Philoctete.

Alors je dis à votre pere tout ce que la fureur pouvoit m'inspirer : Puisque tu m'as abandonné sur ce rivage, lui disois-je, que ne m'y laisses-tu en paix ? Va chercher la gloire des combats & tous les plaisirs; jouis de ton bonheur avec les Atrides : laisse-moi ma misere & ma douleur. Pourquoi m'enlever ? Je ne suis plus rien, je suis déjà mort. Pourquoi ne crois-tu pas encore aujourd'hui, comme tu le croyois autrefois, que je ne saurois partir, que mes cris & l'infection de ma plaie troubleroient les sacrifices ? O Ulysse, auteur de mes maux, que les Dieux puissent te . . ! Mais les Dieux ne m'écoutent point; au contraire, ils excitent mon ennemi. O terre de ma patrie, que je ne reverrai jamais ! .. O Dieux, s'il en reste encore quelqu'un d'assez juste pour avoir pitié de moi, punissez, punissez Ulysse; alors je me croirai guéri!

Pendant que je parlois ainsi, votre pere, tranquille, me regardoit avec un air de compassion, comme un homme qui, loin d'être irrité, supporte & excuse le trouble d'un malheureux que la fortune a aigri. Je le voyois semblable à un rocher qui, sur le sommet d'une montagne, se joue de la fureur des vents & laisse épuiser leur rage, pendant qu'il demeure immobile. Ainsi votre pere, demeurant dans le silence, attendoit que ma colere fût épuisée; car il savoit qu'il ne faut attaquer les passions des hommes, pour les réduire à la raison, que quand elles commencent à s'affoiblir par une espece de lassitude. Ensuite il me dit ces paroles: O Philoctete! qu'avez-vous fait de votre raison & de votre courage? voici le moment de s'en servir. Si vous refusez de nous suivre pour remplir les grands desseins de Jupiter sur vous, adieu; vous êtes indigne d'être le libérateur de la Grece

& le deſtructeur de Troie. Demeurez à Lemnos; ces armes, que j'emporte, me donneront une gloire qui vous étoit deſtinée. Néoptoleme, partons; il eſt inutile de lui parler : la compaſſion pour un ſeul homme ne doit pas nous faire abandonner le ſalut de la Grece entiere.

Alors je me ſentis comme une lionne à qui on vient d'arracher ſes petits; elle remplit les forêts de ſes rugiſsements. O caverne, diſois-je, jamais je ne te quitterai, tu ſeras mon tombeau! O séjour de ma douleur, plus de nourriture, plus d'eſpérance! Qui me donnera un glaive pour me percer? Oh! ſi les oiſeaux de proie pouvoient m'enlever...! Je ne les percerai plus de mes fleches! O arc précieux, arc conſacré par les mains du fils de Jupiter! O cher Hercule, s'il te reſte encore quelque ſentiment, n'es-tu pas indigné! Cet arc n'eſt plus dans les mains de ton fidele ami; il eſt dans les mains impures & trompeuſes d'Ulyſse. Oiſeaux de proie, bêtes farouches, ne fuyez plus cette caverne, mes mains n'ont plus de fleches. Misérable, je ne puis vous nuire, venez me dévorer; ou plutôt, que la foudre de l'impitoyable Jupiter m'écrase.

Votre pere, ayant tenté tous les autres moyens pour me persuader, jugea enfin que le meilleur étoit de me rendre mes armes: il fit signe à Néoptoleme, qui me les rendit aussi-tôt. Alors je lui dis: Digne fils d'Achille, tu montres que tu l'es: mais laisse-moi percer mon ennemi. Aussi-tôt je voulus tirer une fleche contre votre pere; mais Néoptoleme m'arrêta, en me disant: La colere vous trouble & vous empêche de voir l'indigne action que vous voulez faire.

Pour Ulysse, il paroissoit aussi tranquille contre mes fleches que contre mes injures. Je me sentis touché de cette intrépidité & de cette patience. J'eus honte d'avoir voulu, dans ce premier transport, me servir de mes armes pour tuer celui qui me les avoit fait rendre: mais comme mon ressentiment n'étoit pas encore appaisé, j'étois inconsolable de devoir mes armes à un homme que je haïssois tant. Cependant Néoptoleme me disoit: Sachez que le divin Hélénus, fils de Priam, étant sorti de la ville de Troie par l'ordre & par l'inspiration des Dieux, nous a dévoilé l'avenir. La malheureuse Troie tombera, a-t-il dit; mais elle ne peut tomber qu'après qu'elle aura été attaquée par celui qui tient les fleches d'Hercule. Cet homme ne peut guérir que quand il sera devant les murailles de Troie: les enfants d'Esculape le guériront.

En ce moment je sentis mon cœur partagé: j'étois touché de la naïveté de Néoptoleme, & de la bonne foi avec laquelle il m'avoit rendu mon arc: mais je ne pouvois me résoudre à voir encore le jour s'il falloit céder à Ulysse; & une mauvaise honte me tenoit en suspens. Me verra-t-on, disois-je en moi-même, avec Ulysse & avec les Atrides? Que croira-t-on de moi?

Pendant que j'étois dans cette incertitude, tout-à-coup j'entends une voix plus qu'humaine; je vois Hercule dans un nuage éclatant: il étoit environné de rayons de gloire. Je reconnus facilement ses traits un peu rudes, son corps robuste, & ses manieres simples; mais il avoit une hauteur & une majesté qui n'avoient jamais paru si grandes en lui quand il domtoit les monstres. Il me dit :

Tu entends, tu vois Hercule. J'ai quitté le haut Olympe pour t'annoncer les ordres de Jupiter. Tu sais par quels travaux j'ai acquis l'immortalité : il faut que tu ailles avec le fils d'Achille, pour marcher sur mes traces dans le chemin de la gloire. Tu guériras; tu perceras de mes fleches Pâris, auteur de tant de maux. Après la prise de Troie, tu enverras de riches dépouilles à Pœan, ton pere, sur le mont Oéta; ces dépouilles seront mises sur mon tombeau comme un monument de la victoire due à mes fleches. Et toi, ô fils d'Achille! je te déclare que tu ne peux vaincre sans Philoctete, ni Philoctete sans toi. Allez donç comme deux lions qui cherchent ensemble leur proie. J'enverrai Esculape à Troie pour guérir Philoctete. Sur-tout, ô Grecs, aimez & observez la religion: le reste meurt; elle ne meurt jamais.

Après avoir entendu ces paroles, je m'écriai : O heureux jour, douce lumiere, tu te montres enfin après tant d'années ! Je t'obéis, je pars après avoir ſalué ces lieux. Adieu, cher antre. Adieu, Nymphes de ces prés humides; je n'entendrai plus le bruit ſourd des vagues de cette mer. Adieu, rivage où tant de fois j'ai ſouffert les injures de l'air. Adieu, promontoires où Echo répéta tant de fois mes gémiſsements. Adieu, douces fontaines qui me fûtes ſi ameres. Adieu, ô terre de Lemnos; laiſse-moi partir heureuſement, puiſque je vais où m'appelle la volonté des Dieux & de mes amis.

Ainſi nous partîmes, nous arrivâmes au ſiege de Troie. Machaon & Podalire, par la divine ſcience de leur pere Eſculape, me guérirent, ou du moins me mirent dans l'état où vous me voyez. Je ne ſouffre plus; j'ai retrouvé toute ma vigueur : mais je suis un peu boiteux. Je fis tomber Pâris comme un timide faon de biche qu'un chaſseur perce de ſes traits. Bientôt Ilion fut réduite en cendres; vous ſavez le reſte. J'avois néanmoins encore je ne sais quelle aversion pour le sage Ulysse, par le ressouvenir de mes maux; sa vertu ne pouvoit appaiser ce ressentiment : mais la vue d'un fils qui lui ressemble, & que je ne puis m'empêcher d'aimer, m'attendrit le cœur pour le pere même.

*Fin du quinzieme Livre.*

## SOMMAIRE

### DU LIVRE SEIZIEME.

Télémaque entre en différend avec Phalante pour des priſonniers qu'ils ſe diſputent: il combat & vainc Hippias, qui, mépriſant ſa jeuneſse, prend de hauteur ces priſonniers pour ſon frere Phalante. Mais, étant peu content de ſa victoire, il gémit en ſecret de ſa témérité & de ſa faute, qu'il voudroit réparer. Au même temps Adraſte, Roi des Dauniens, étant informé que les Rois alliés ne ſongent qu'à pacifier le différend de Télémaque & d'Hippias, va les attaquer à l'improviſte. Après avoir ſurpris cent de leurs vaiſſeaux pour tranſporter ſes troupes dans leur camp, il y met d'abord le feu, commence l'attaque par le quartier de Phalante, tue ſon frere Hippias; & Phalante lui-même eſt tout percé de ſes coups.

# LIVRE SEIZIEME.

PENDANT que Philoctete avoit raconté ainsi ses aventures, Télémaque étoit demeuré comme suspendu & immobile. Ses yeux étoient attachés sur ce grand homme qui parloit. Toutes les passions différentes qui avoient agité Hercule, Philoctete, Ulysse, Néoptoleme, paroissoient tour-à-tour sur le visage naïf de Télémaque à mesure qu'elles étoient représentées dans la suite de cette narration. Quelquefois il s'écrioit & interrompoit Philoctete sans y penser : quelquefois il paroissoit rêveur comme un homme qui pense profondément à la suite des affaires. Quand Philoctete dépeignit l'embarras de Néoptoleme, qui ne savoit point dissimuler, Télémaque parut dans le même embarras ; & dans ce moment on l'auroit pris pour Néoptoleme.

L'armée des alliés marchoit en bon ordre

contre Adraste, Roi des Dauniens, qui méprisoit les Dieux, & qui ne cherchoit qu'à tromper les hommes. Télémaque trouva de grandes difficultés pour se ménager parmi tant de Rois jaloux les uns des autres. Il falloit ne se rendre suspect à aucun, & se faire aimer de tous. Son naturel étoit bon & sincere, mais peu caressant; il ne s'avisoit guere de ce qui pouvoit faire plaisir aux autres: il n'étoit point attaché aux richesses; mais il ne savoit point donner. Ainsi, avec un cœur noble & porté au bien, il ne paroissoit ni obligeant, ni sensible à l'amitié, ni libéral, ni reconnoissant des soins qu'on prenoit pour lui, ni attentif à distinguer le mérite. Il suivoit son goût sans réflexion. Sa mere Pénélope l'avoit nourri malgré Mentor dans une hauteur & dans une fierté qui ternissoient tout ce qu'il y avoit de plus aimable en lui. Il se regardoit comme étant d'une autre nature que le reste des hommes; les autres ne lui sembloient mis sur la terre par les Dieux que pour lui plaire, pour le servir, pour prévenir tous ſes deſirs, & pour rapporter tout à lui comme à une Divinité. Le bonheur de le ſervir étoit, ſelon lui, une aſsez haute récompenſe pour ceux qui le ſervoient. Il ne falloit jamais rien trouver d'impoſſible quand il s'agiſsoit de le contenter; & les moindres retardements irritoient ſon naturel ardent.

Ceux qui l'auroient vu ainſi dans ſon naturel auroient jugé qu'il étoit incapable d'aimer autre choſe que lui-même; qu'il n'étoit ſenſible qu'à ſa gloire & à ſon plaiſir. Mais cette indifférence pour les autres & cette attention continuelle ſur lui-même ne venoient que du tranſport continuel où il étoit jetté par la violence de ſes paſſions. Il avoit été flatté par ſa mere dès le berceau, & il étoit un grand exemple du malheur de ceux qui naiſsent dans l'élévation. Les rigueurs de la fortune, qu'il ſentit dès ſa premiere jeuneſse, n'avoient pu modérer cette impétuoſité & cette hauteur. Dépourvu de tout, abandonné, expoſé à tant de maux, il n'avoit rien perdu de ſa fierté. Elle ſe relevoit toujours, comme la palme ſouple ſe releve ſans ceſſe d'elle-même, quelque effort qu'on faſſe pour l'abaiſſer.

Pendant que Télémaque étoit avec Mentor, ces défauts ne paroiſſoient point, & ils diminuoient tous les jours. Semblable à un courſier fougueux qui bondit dans les vaſtes prairies, que ni les rochers eſcarpés, ni les précipices, ni les torrents n'arrêtent, qui ne connoît que la voix & la main d'un ſeul homme capable de le domter, Télémaque, plein d'une noble ardeur, ne pouvoit être retenu que par le ſeul Mentor. Mais auſſi un de ſes regards l'arrêtoit tout-à-coup dans ſa plus grande impétuoſité : il entendoit d'abord ce que ſignifioit ce regard ; il rappelloit auſſi-tôt dans ſon cœur tous les ſentiments de vertu. La ſageſſe de Mentor rendoit en un moment ſon viſage doux & ſerein. Neptune, quand il éleve ſon trident, & qu'il menace les flots ſoulevés, n'appaiſe point plus ſoudainement les noires tempêtes.

Quand Télémaque se trouva seul, toutes ses passions, suspendues comme un torrent arrêté par une forte digue, reprirent leur cours : il ne put souffrir l'arrogance des Lacédémoniens, & de Phalante qui étoit à leur tête. Cette colonie, qui étoit venue fonder Tarente, étoit composée de jeunes hommes nés pendant le siege de Troie, qui n'avoient eu aucune éducation; leur naissance illégitime, le déréglement de leurs meres, la licence dans laquelle ils avoient été élevés, leur donnoient je ne sais quoi de farouche & de barbare. Ils ressembloient plutôt à une troupe de brigands qu'à une colonie grecque.

Phalante, en toute occasion, cherchoit à contredire Télémaque : souvent il l'interrompoit dans les assemblées, méprisant ses conseils comme ceux d'un jeune homme sans expérience : il en faisoit des railleries, le traitant de foible & d'efféminé; il faisoit remarquer aux Chefs de l'armée ses moindres fautes. Il tâchoit de semer par-tout la jalousie, & de rendre la fierté de Télémaque odieuse à tous les alliés.

Un jour Télémaque ayant fait sur les Dauniens quelques prisonniers, Phalante prétendit que ces captifs devoient lui appartenir, parceque c'étoit lui, disoit-il, qui, à la tête de ses Lacédémoniens, avoit défait cette troupe d'ennemis; & que Télémaque, trouvant les Dauniens déjà vaincus & mis en fuite, n'avoit eu d'autre peine que celle de leur donner la vie & de les mener dans le camp. Télémaque soutenoit au contraire que c'étoit lui qui avoit empêché Phalante d'être vaincu, & qui avoit remporté la victoire sur les Dauniens. Ils allerent tous deux défendre leur cause dans l'assemblée des Rois alliés. Télémaque s'y emporta jusqu'à menacer Phalante; ils se fussent battus sur-le-champ, si on ne les eût arrêtés.

Phalante avoit un frere nommé Hippias, célebre dans toute l'armée par sa valeur, par sa force, & par son adresse. Pollux, disoient les Tarentins, ne combattoit pas mieux du ceste : Castor n'eût pu le surpasser pour conduire un cheval : il avoit presque la taille & la force d'Hercule. Toute l'armée le craignoit ; car il étoit encore plus querelleur & plus brutal qu'il n'étoit fort & vaillant.

Hippias, ayant vu avec quelle hauteur Télémaque avoit menacé son frere, va à la hâte prendre les prisonniers pour les emmener à Tarente sans attendre le jugement de l'assemblée. Télémaque, à qui on vint le dire en secret, sortit en frémissant de rage. Tel qu'un sanglier écumant qui cherche le chasseur par lequel il a été blessé, on le voyoit errer dans le camp, cherchant des yeux son ennemi, & braulant le dard dont il le vouloit percer : enfin il le rencontre ; &, en le voyant, sa fureur redouble. Ce n'étoit plus ce sage Télémaque instruit par Minerve sous la figure de Mentor ; c'étoit un frénétique ou un lion furieux.

Aussi-tôt il crie à Hippias : Arrête, ô le plus lâche de tous les hommes ! arrête, nous allons voir si tu pourras m'enlever les dépouilles de ceux que j'ai vaincus. Tu ne les conduiras point à Tarente ; va, descends tout-à-l'heure sur les rives sombres du Styx. Il dit, & il lança son dard : mais il le lança avec tant de fureur, qu'il ne put mesurer son coup ; le dard ne toucha point Hippias. Aussi-tôt Télémaque prend son épée, dont la garde étoit d'or, & que Laërte lui avoit donnée quand il partit d'Ithaque, comme un gage de sa tendresse. Laërte s'en étoit servi avec beaucoup de gloire pendant qu'il étoit jeune, & elle avoit été teinte du sang de plusieurs fameux Capitaines des Epirotes dans une guerre où Laërte fut victorieux. A peine Télémaque eut tiré cette épée, qu'Hippias, qui vouloit profiter de l'avantage de sa force, se jetta pour l'arracher des mains du jeune fils d'Ulysse. L'épée se rompt dans leurs mains, ils se saisissent & se serrent l'un l'autre. Les voilà comme deux bêtes cruelles qui cherchent à se déchirer ; le feu brille dans leurs yeux ; ils se raccourcissent, ils s'alongent, ils se baissent, ils se relevent, ils s'élancent, ils sont altérés de ſang. Les voilà aux priſes, pieds contre pieds, mains contre mains : ces deux corps entrelacés paroiſsent n'en faire qu'un. Mais Hippias, d'un âge plus avancé, ſembloit devoir accabler Télémaque dont la tendre jeuneſse étoit moins nerveuſe. Déjà Télémaque, hors d'haleine, ſentoit ſes genoux chancelants. Hippias, le voyant ébranlé, redoubloit ſes efforts. C'étoit fait du fils d'Ulyſse ; il alloit porter la peine de ſa témérité & de ſon emportement, ſi Minerve, qui veilloit de loin ſur lui, & qui ne le laiſsoit dans cette extrémité de péril que pour l'inſtruire, n'eût déterminé la victoire en ſa faveur.

Elle ne quitta point le palais de Salente ; mais elle envoya Iris, la prompte meſsagere des Dieux. Celle-ci, volant d'une aile légere, fend les eſpaces immenſes des airs, laiſsant après elle une longue trace de lumiere qui peignoit un nuage de mille diverſes couleurs ; elle ne ſe repoſa que ſur le rivage de la mer où étoit campée l'armée innombrable des alliés : elle voit de loin la querelle, l'ardeur & les efforts des deux combattants ; elle frémit à la vue du danger où étoit le jeune Télémaque ; elle s'approche, enveloppée d'un nuage clair qu'elle avoit formé de vapeurs subtiles. Dans le moment où Hippias, sentant toute sa force, se crut victorieux, elle couvrit le jeune nourrisson de Minerve de l'égide que la sage Déesse lui avoit confiée. Aussi-tôt Télémaque, dont les forces étoient épuisées, commence à se ranimer. A mesure qu'il se ranime, Hippias se trouble ; il sent je ne sais quoi de divin qui l'étonne & qui l'accable. Télémaque le presse & l'attaque, tantôt dans une situation, tantôt dans une autre ; il l'ébranle, il ne lui laisse aucun moment pour se rassurer ; enfin il le jette par terre & tombe sur lui. Un grand chêne du mont Ida, que la hache a coupé par mille coups dont toute la forêt a retenti, ne fait pas un plus horrible bruit en tombant ; la terre en gémit ; tout ce qui l'environne en est ébranlé.

Cependant la sagesse étoit revenue avec

la force au-dedans de Télémaque. A peine Hippias fut-il tombé sous lui, que le fils d'Ulyſse comprit la faute qu'il avoit faite d'attaquer ainſi le frere d'un des Rois alliés qu'il étoit venu ſecourir; il rappella en lui-même avec confuſion les ſages conſeils de Mentor : il eut honte de ſa victoire, & comprit qu'il avoit mérité d'être vaincu. Cependant Phalante, tranſporté de fureur, accouroit au ſecours de ſon frere ; il eût percé Télémaque d'un dard qu'il portoit, s'il n'eût craint de percer auſſi Hippias que Télémaque tenoit sous lui dans la pouſſiere. Le fils d'Ulyſse eût pu ſans peine ôter la vie à ſon ennemi ; mais ſa colere étoit appaisée, il ne ſongeoit plus qu'à réparer ſa faute en montrant de la modération. Il ſe leve en diſant : O Hippias! il me ſuffit de vous avoir appris à ne mépriſer jamais ma jeuneſse; vivez : j'admire votre force & votre courage. Les Dieux m'ont protégé, cédez à leur puiſsance : ne ſongeons plus qu'à combattre enſemble les Dauniens.

Pendant que Télémaque parloit ainſi,

Hippias se relevoit couvert de poussiere & de sang, plein de honte & de rage. Phalante n'osoit ôter la vie à celui qui venoit de la donner si généreusement à son frere; il étoit en suspens & hors de lui-même. Tous les Rois alliés accourent : ils menent d'un côté Télémaque, & de l'autre Phalante & Hippias qui, ayant perdu sa fierté, n'osoit lever les yeux. Toute l'armée ne pouvoit assez s'étonner que Télémaque, dans un âge si tendre, où les hommes n'ont point encore toute leur force, eût pu renverser Hippias semblable en force & en grandeur à ces géants, enfants de la terre, qui tenterent autrefois de chasser de l'Olympe les immortels.

Mais le fils d'Ulysse étoit bien éloigné de jouir du plaisir de cette victoire. Pendant qu'on ne pouvoit se lasser de l'admirer, il se retira dans sa tente, honteux de sa faute; & ne pouvant plus se supporter lui-même, il gémissoit de sa promptitude. Il reconnoissoit combien il étoit injuste & déraisonnable dans ses emportements : il trouvoit je ne sais quoi de vain, de foible & de bas dans cette hauteur démesurée. Il reconnoissoit que la véritable grandeur n'est que dans la modération, la justice, la modestie & l'humanité : il le voyoit ; mais il n'osoit espérer de se corriger après tant de rechûtes ; il étoit aux prises avec lui-même, & on l'entendoit rugir comme un lion furieux.

Il demeura deux jours renfermé seul dans sa tente, ne pouvant se résoudre à se rendre dans aucune société, & se punissant soi-même. Hélas ! disoit-il, oserai-je revoir Mentor ? Suis-je le fils d'Ulysse, le plus sage & le plus patient des hommes ? Suis-je venu porter la division & le désordre dans l'armée des alliés ? est-ce leur sang ou celui des Dauniens, leurs ennemis, que je dois répandre ? J'ai été téméraire ; je n'ai pas même su lancer mon dard ; je me suis exposé dans un combat avec Hippias à forces inégales ; je n'en devois attendre que la mort avec la honte d'être vaincu. Mais qu'importe ? je ne serois plus ; non, je ne serois plus ce téméraire Télémaque, ce jeune insensé, qui ne profite d'aucun conseil : ma honte finiroit avec ma vie. Hélas ! si je pouvois au moins espérer de ne plus faire ce que je suis désolé d'avoir fait ! trop heureux ! trop heureux ! mais peut-être qu'avant la fin du jour je ferai & voudrai faire encore les mêmes fautes dont j'ai maintenant tant de honte & d'horreur. O funeste victoire ! ô louanges que je ne puis souffrir, & qui sont de cruels reproches de ma folie !

Pendant qu'il étoit seul & inconsolable, Nestor & Philoctete le vinrent trouver. Nestor voulut lui remontrer le tort qu'il avoit : mais ce sage vieillard, reconnoissant bientôt la désolation du jeune homme, changea ses graves remontrances en des paroles de tendresse pour adoucir son désespoir.

Les Princes alliés étoient arrêtés par cette querelle, & ils ne pouvoient marcher vers les ennemis qu'après avoir réconcilié Télémaque avec Phalante & Hippias. On craignoit à toute heure que les troupes des Tarentins n'attaquassent les cent jeunes Crétois qui avoient suivi Télémaque dans cette guerre : tout étoit dans le trouble pour la faute du seul Télémaque ; & Télémaque, qui voyoit tant de maux présents & de périls pour l'avenir, dont il étoit l'auteur, s'abandonnoit à une douleur amere. Tous les Princes étoient dans un extrême embarras : ils n'osoient faire marcher l'armée, de peur que dans la marche les Crétois de Télémaque & les Tarentins de Phalante ne combattissent les uns contre les autres. On avoit bien de la peine à les retenir au-dedans du camp, où ils étoient gardés de près. Nestor & Philoctete alloient & venoient sans cesse de la tente de Télémaque à celle de l'implacable Phalante, qui ne respiroit que la vengeance. La douce éloquence de Nestor & l'autorité du grand Philoctete ne pouvoient modérer ce cœur farouche, qui étoit encore sans cesse irrité par les discours pleins de rage de son frere Hippias. Télémaque étoit bien plus doux, mais il étoit abattu par une douleur que rien ne pouvoit consoler.

Pendant que les Princes étoient dans cette agitation, toutes les troupes étoient consternées: tout le camp paroissoit comme une maison désolée qui vient de perdre un pere de famille, l'appui de tous ses proches & la douce espérance de ses petits enfants.

Dans ce désordre & cette consternation de l'armée, on entend tout-à-coup un bruit effroyable de chariots, d'armes, de hennissements de chevaux, de cris d'hommes; les uns vainqueurs & animés au carnage; les autres, ou fuyants, ou mourants, ou blessés. Un tourbillon de poussiere forme un épais nuage qui couvre le ciel & qui enveloppe tout le camp. Bientôt à la poussiere se joint une fumée épaisse qui troubloit l'air & qui ôtoit la respiration. On entendoit un bruit sourd semblable à celui des tourbillons de flamme que le mont Etna vomit du fond de ses entrailles embrasées lorsque Vulcain, avec ses Cyclopes, y forge des foudres pour le pere des Dieux. L'épouvante saisit les cœurs.

Adraſte, vigilant & infatigable, avoit ſurpris les alliés : il leur avoit caché ſa marche & il étoit inſtruit de la leur. Pendant deux nuits il avoit fait une incroyable diligence pour faire le tour d'une montagne preſque inacceſſible dont les alliés avoient ſaiſi preſque tous les paſsages ; tenant ces défilés, ils ſe croyoient en pleine sûreté, & prétendoient même pouvoir, par ces paſsages qu'ils occupoient, tomber ſur l'ennemi derriere la montagne quand quelques troupes qu'ils attendoient leur seroient venues. Adraſte, qui répandoit l'argent à pleines mains pour ſavoir le ſecret de ſes ennemis, avoit appris leur réſolution ; car Neſtor & Philoctete, ces deux Capitaines d'ailleurs ſi ſages & ſi expérimentés, n'étoient pas aſsez ſecrets dans leurs entrepriſes. Neſtor, dans ce déclin de l'âge, ſe plaiſoit trop à raconter ce qui pouvoit lui attirer quelque louange. Philoctete naturellement parloit moins : mais il étoit prompt ; & ſi peu qu'on excitât ſa vivacité, on lui faiſoit dire ce qu'il avoit réſolu de taire. Les gens artificieux avoient trouvé la clef de ſon cœur pour en tirer les plus importants ſecrets. On n'avoit qu'à l'irriter : alors, fougueux & hors de lui-même, il éclatoit par des menaces ; il ſe vantoit d'avoir des moyens sûrs de parvenir à ce qu'il vouloit. Si peu qu'on parût douter de ces moyens, il ſe hâtoit de les expliquer inconſidérément, & le ſecret le plus intime échappoit du fond de ſon cœur. Semblable à un vaſe précieux, mais fêlé, d'où s'écoulent toutes les liqueurs les plus délicieuſes, le cœur de ce grand Capitaine ne pouvoit rien garder.

Les traîtres corrompus par l'argent d'Adraſte ne manquoient pas de ſe jouer de la foibleſse de ces deux Rois. Ils flattoient ſans ceſse Neſtor par de vaines louanges ; ils lui rappelloient ſes victoires paſsées, admiroient ſa prévoyance, ne ſe laſsoient jamais d'applaudir. D'un autre côté, ils tendoient des pieges continuels à l'humeur impatiente de Philoctete ; ils ne lui parloient que de difficultés, de contretemps, de dangers, d'inconvénients, de fautes irrémédiables. Auſſi-tôt que ce naturel prompt étoit enflammé, ſa ſageſſe l'abandonnoit, & il n'étoit plus le même homme.

Télémaque, malgré les défauts que nous avons vus, étoit bien plus prudent pour garder un ſecret : il y étoit accoutumé par ſes malheurs, & par la néceſſité où il avoit été dès ſon enfance de ſe cacher aux amants de Pénélope : il ſavoit taire un ſecret ſans dire aucun menſonge : il n'avoit point même un certain air réſervé & myſtérieux qu'ont d'ordinaire les gens ſecrets : il ne paroiſſoit point chargé du poids du ſecret qu'il devoit garder ; on le trouvoit toujours libre, naturel, ouvert comme un homme qui a ſon cœur ſur ſes levres : mais en diſant tout ce qu'on pouvoit dire ſans conſéquence, il ſavoit s'arrêter préciſément & ſans affectation aux choſes qui pouvoient donner quelque ſoupçon & entamer ſon ſecret. Par-là ſon cœur étoit impénétrable & inacceſſible ; ſes meilleurs amis même ne ſavoient que ce qu'il croyoit utile de leur découvrir pour en tirer de ſages conſeils, & il n'y avoit que le ſeul Mentor pour lequel il n'avoit aucune réſerve. Il ſe confioit à d'autres amis, mais à divers degrés, & à proportion de ce qu'il avoit éprouvé leur amitié & leur ſageſſe.

Télémaque avoit ſouvent remarqué que les réſolutions du Conſeil ſe répandoient un peu trop dans le camp ; il en avoit averti Neſtor & Philoctete. Mais ces deux hommes ſi expérimentés ne firent pas aſſez d'attention à un avis ſi ſalutaire : la vieilleſſe n'a plus rien de ſouple, la longue habitude la tient comme enchaînée ; elle n'a plus de reſſource contre ſes défauts. Semblables aux arbres dont le tronc rude & noueux s'eſt durci par le nombre des années, & ne peut plus ſe redreſſer, les hommes à un certain âge ne peuvent preſque plus ſe plier eux-mêmes contre certaines habitudes qui ont vieilli avec eux, & qui sont entrées juſques dans la moëlle de leurs os. Souvent ils les connoiſſent, mais trop tard ; ils gémiſſent en vain, & la tendre jeuneſſe eſt le ſeul âge où l'homme peut encore tout ſur lui-même pour ſe corriger.

Il y avoit dans l'armée un Dolope, nommé Eurimaque, flatteur inſinuant, ſachant s'accommoder à tous les goûts & à toutes les inclinations des Princes; inventif & induſtrieux pour trouver de nouveaux moyens de leur plaire. A l'entendre, rien n'étoit jamais difficile. Lui demandoit-on ſon avis; il devinoit celui qui seroit le plus agréable. Il étoit plaiſant, railleur contre les foibles, complaiſant pour ceux qu'il craignoit, habile pour aſſaiſonner une louange délicate qui fût bien reçue des hommes les plus modeſtes. Il étoit grave avec les graves, enjoué avec ceux qui étoient d'une humeur enjouée : il ne lui coûtoit rien de prendre toutes sortes de formes. Les hommes ſinceres & vertueux qui sont toujours les mêmes, & qui s'aſſujettiſſent aux regles de la vertu, ne ſauroient jamais être auſſi agréables aux Princes, que ceux qui flattent leurs paſſions dominantes. Eurimaque ſavoit la guerre; il étoit capable d'affaires; c'étoit un aventurier qui s'étoit donné à Neſtor & qui avoit gagné ſa confiance. Il tiroit du fond de ſon cœur, un peu vain & ſenſible aux louanges, tout ce qu'il en vouloit ſavoir.

Quoique Philoctete ne ſe confiât point à lui, la colere & l'impatience faiſoient en lui ce que la confiance faiſoit dans Neſtor. Eurimaque n'avoit qu'à le contredire ; en l'irritant il découvroit tout. Cet homme avoit reçu de grandes ſommes d'Adraſte pour lui mander tous les deſseins des alliés. Ce Roi des Dauniens avoit dans l'armée un certain nombre de transfuges qui devoient, l'un après l'autre, s'échapper du camp des alliés & retourner au ſien. A meſure qu'il y avoit quelque affaire importante à faire ſavoir à Adraſte, Eurimaque faiſoit partir un de ces transfuges. La tromperie ne pouvoit pas être facilement découverte, parceque ces transfuges ne portoient point de lettres. Si on les ſurprenoit, on ne trouvoit rien qui pût rendre Eurimaque ſuſpect.

Cependant Adraſte prévenoit toutes les

entreprises des alliés. A peine une résolution étoit-elle prise dans le Conseil, que les Dauniens faisoient précisément ce qui étoit nécessaire pour en empêcher le succès. Télémaque ne se lassoit point d'en chercher la cause, & d'exciter la défiance de Nestor & de Philoctete ; mais son soin étoit inutile : ils étoient aveuglés.

On avoit résolu dans le Conseil d'attendre les troupes nombreuses qui devoient arriver ; & on avoit fait avancer secrètement, pendant la nuit, cent vaisseaux pour conduire plus promptement ces troupes depuis une côte de mer très rude, où elles devoient arriver, jusqu'au lieu où l'armée campoit. Cependant on se croyoit en sûreté, parce-qu'on tenoit avec des troupes les détroits de la montagne voisine, qui est une côte presque inaccessible de l'Apennin. L'armée étoit campée sur les bords du fleuve Galese, assez près de la mer. Cette campagne délicieuse est abondante en pâturages & en tous les fruits qui peuvent nourrir une armée. Adraste étoit derriere la montagne, & on comptoit qu'il ne pouvoit paſser ; mais comme il sut que les alliés étoient encore foibles, qu'il leur venoit un grand ſecours, que les vaiſseaux attendoient des troupes qui devoient arriver, & que l'armée étoit divisée par la querelle de Télémaque avec Phalante, il ſe hâta de faire un grand tour. Il vint en diligence jour & nuit ſur le bord de la mer, & paſsa par des chemins qu'on avoit toujours crus abſolument impraticables. Ainſi la hardieſse & le travail obſtiné ſurmontent les plus grands obſtacles ; ainſi il n'y a preſque rien d'impoſſible à ceux qui ſavent oſer & ſouffrir ; ainſi ceux qui s'endorment, comptant que les choſes difficiles sont impoſſibles, méritent d'être ſurpris & accablés.

Adraſte ſurprit au point du jour les cent vaiſseaux qui appartenoient aux alliés. Comme ces vaiſseaux étoient mal gardés, & qu'on ne ſe défioit de rien, il s'en ſaiſit ſans réſiſtance, & s'en ſervit pour tranſporter ſes troupes avec une incroyable diligence à l'embouchure du Galeſe ; puis il remonta très promptement ſur les bords du fleuve. Ceux qui étoient dans les poſtes avancés autour du camp, vers la riviere, crurent que ces vaiſseaux leur amenoient les troupes qu'on attendoit ; on pouſsa d'abord de grands cris de joie. Adraſte & ſes ſoldats deſcendirent avant qu'on pût les reconnoître : ils tombent ſur les alliés, qui ne ſe défient de rien ; ils les trouvent dans un camp tout ouvert, ſans ordre, ſans Chef, ſans armes.

Le côté du camp qu'il attaqua d'abord fut celui des Tarentins où commandoit Phalante. Les Dauniens y entrerent avec tant de vigueur, que cette jeuneſse lacédémonienne étant ſurpriſe ne put réſiſter. Pendant qu'ils cherchent leurs armes, & qu'ils s'embarraſsent les uns les autres dans cette confuſion, Adraſte fait mettre le feu au camp. Auſſi-tôt la flamme s'éleve des pavillons & monte juſqu'aux nues : le bruit du feu eſt ſemblable à celui d'un torrent qui inonde toute une campagne, & qui entraîne par ſa rapidité les grands chênes avec leurs profondes racines, les moiſsons, les granges, les étables & les troupeaux. Le vent pouſse impétueuſement la flamme de pavillon en pavillon, & bientôt tout le camp eſt comme une vieille forêt qu'une étincelle de feu a embrasée.

Phalante qui voit le péril de plus près qu'un autre, ne peut y remédier. Il comprend que toutes les troupes vont périr dans cet incendie ſi on ne ſe hâte d'abandonner le camp; mais il comprend auſſi combien le déſordre de cette retraite eſt à craindre devant un ennemi victorieux : il commence à faire ſortir ſa jeuneſse lacédémonienne encore à demi déſarmée. Mais Adraſte ne les laiſse point reſpirer : d'un côté une troupe d'archers adroits perce de fleches innombrables les ſoldats de Phalante; de l'autre, des frondeurs jettent une grêle de groſses pierres. Adraſte lui-même, l'épée à la main, marchant à la tête d'une troupe choiſie des plus intrépides Dauniens, pourſuit à la lueur du feu les troupes qui s'enfuient. Il moiſsonne par le fer tranchant tout ce qui a échappé au feu ; il nage dans le sang ; il ne peut s'assouvir de carnage : les lions & les tigres n'égalent point sa furie quand ils égorgent les bergers avec leurs troupeaux. Les troupes de Phalante succombent, & le courage les abandonne : la pâle mort, conduite par une Furie infernale dont la tête est hérissée de serpents, glace le sang de leurs veines ; leurs membres engourdis se roidissent, & leurs genoux chancelants leur ôtent même l'espérance de la fuite.

Phalante, à qui la honte & le désespoir donnent encore un reste de force & de vigueur, éleve les mains & les yeux vers le ciel ; il voit tomber à ses pieds son frere Hippias sous les coups de la main foudroyante d'Adraste. Hippias, étendu par terre, se roule dans la poussiere ; un sang noir & bouillonnant sort comme un ruisseau de la profonde blessure qui lui traverse le côté ; ses yeux se ferment à la lumiere ; son ame furieuse s'enfuit avec tout son sang. Phalante lui-même, tout couvert du sang de son frere, & ne pouvant le secourir, se voit enveloppé par une foule d'ennemis qui s'efforcent de le renverſer ; ſon bouclier eſt percé de mille traits, il eſt bleſsé en pluſieurs endroits de ſon corps ; il ne peut plus rallier ſes troupes fugitives : les Dieux le voient, & ils n'en ont aucune pitié.

*Fin du ſeizieme Livre.*

## SOMMAIRE

## DU LIVRE DIX-SEPTIEME.

Télémaque, s'étant revêtu de ſes armes divines, court au ſecours de Phalante; renverſe d'abord Iphyclès, fils d'Adraſte; repouſse l'ennemi victorieux; & remporteroit ſur lui une victoire complete, ſi une tempête ſurvenant ne faiſoit finir le combat. Enſuite Télémaque fait emporter les bleſsés, prend soin d'eux, & principalement de Phalante. Il fait l'honneur des obſeques de ſon frere Hippias, dont il lui va préſenter les cendres qu'il a recueillies dans une urne d'or.

# LIVRE DIX-SEPTIEME.

JUPITER, au milieu de toutes les Divinités céleſtes, regardoit du haut de l'Olympe ce carnage des alliés. En même temps il conſultoit les immuables deſtinées, & voyoit tous les Chefs dont la trame devoit ce jour-là être tranchée par le ciſeau de la Parque. Chacun des Dieux étoit attentif pour découvrir ſur le viſage de Jupiter quelle ſeroit ſa volonté. Mais le pere des Dieux & des hommes leur dit d'une voix douce & majeſtueuſe : Vous voyez en quelle extrémité sont réduits les alliés ; vous voyez Adraſte qui renverſe tous ſes ennemis : mais ce ſpectacle eſt bien trompeur, la gloire & la proſpérité des méchants eſt courte ; Adraſte, impie, & odieux par ſa mauvaiſe foi, ne remportera point une entiere victoire. Ce malheur n'arrive aux alliés que pour leur apprendre à ſe corriger & à mieux garder le ſecret de leurs entrepriſes. Ici la ſage Minerve prépare une nouvelle gloire à ſon jeune Télémaque, dont elle fait ſes délices. Alors Jupiter ceſsa de parler. Tous les Dieux en ſilence continuoient à regarder le combat.

Cependant Neſtor & Philoctete furent avertis qu'une partie du camp étoit déjà brûlée; que la flamme, pouſsée par le vent, s'avançoit toujours; que leurs troupes étoient en déſordre, & que Phalante ne pouvoit plus ſoutenir les efforts des ennemis. A peine ces funeſtes paroles frappent leurs oreilles qu'ils courent aux armes, aſsemblent les Capitaines, & ordonnent qu'on ſe hâte de ſortir du camp pour éviter cet incendie.

Télémaque, qui étoit abattu & inconſolable, oublie ſa douleur : il prend ſes armes, don précieux de la ſage Minerve, qui, paroiſsant sous la figure de Mentor, fit ſemblant de les avoir reçues d'un excellent ouvrier de Salente, mais qui les avoit fait faire à Vulcain dans les cavernes fumantes du mont Etna.

Ces armes étoient polies comme une

glace, & brillantes comme les rayons du ſoleil. On y voyoit Neptune & Pallas qui diſputoient entre eux à qui auroit la gloire de donner ſon nom à une ville naiſsante. Neptune de ſon trident frappoit la terre, & on en voyoit ſortir un cheval fougueux; le feu ſortoit de ſes yeux & l'écume de ſa bouche; ſes crins flottoient au gré du vent; ſes jambes ſouples & nerveuſes ſe replioient avec vigueur & légèreté. Il ne marchoit point, il ſautoit à force de reins, mais avec tant de vîteſse, qu'il ne laiſsoit aucune trace de ſes pas : on croyoit l'entendre hennir.

De l'autre côté, Minerve donnoit aux habitants de ſa nouvelle ville l'olive, fruit de l'arbre qu'elle avoit planté : le rameau auquel pendoit ſon fruit repréſentoit la douce paix avec l'abondance, préférable aux troubles de la guerre, dont ce cheval étoit l'image. La Déeſse demeuroit victorieuſe par ſes dons ſimples & utiles, & la ſuperbe Athenes portoit ſon nom.

On voyoit auſſi Minerve aſsemblant autour d'elle tous les beaux arts, qui étoient des enfants tendres & ailés : ils se réfugioient autour d'elle, étant épouvantés des fureurs brutales de Mars qui ravage tout, comme les agneaux bêlants se réfugient autour de leur mere à la vue d'un loup affamé, qui d'une gueule béante & enflammée s'élance pour les dévorer. Minerve, d'un visage dédaigneux & irrité, confondoit par l'excellence de ses ouvrages la folle témérité d'Arachné, qui avoit osé disputer avec elle pour la perfection des tapisseries. On voyoit cette malheureuse, dont tous les membres exténués se défiguroient & se changeoient en araignée.

Auprès de cet endroit paroissoit encore Minerve, qui, dans la guerre des géants, servoit de conseil à Jupiter même, & soutenoit tous les autres Dieux étonnés. Elle étoit aussi représentée avec sa lance & son égide sur les bords du Xanthe & du Simoïs, menant Ulysse par la main, ranimant les troupes fugitives des Grecs, soutenant les efforts des plus vaillants Capitaines troyens & du redoutable Hector même ; enfin, introduisant Ulysse dans cette fatale machine qui devoit en une seule nuit renverser l'empire de Priam.

D'un autre côté, le bouclier représentoit Cérès dans les fertiles campagnes d'Enna qui sont au milieu de la Sicile. On voyoit la Déesse qui rassembloit les peuples épars çà & là, cherchant leur nourriture par la chasse, ou cueillant les fruits sauvages qui tomboient des arbres. Elle montroit à ces hommes grossiers l'art d'adoucir la terre & de tirer de son sein fécond leur nourriture. Elle leur présentoit une charrue & y faisoit atteler des bœufs. On voyoit la terre s'ouvrir en sillons par le tranchant de la charrue; puis on appercevoit les moissons dorées qui couvroient ces fertiles campagnes : le moissonneur, avec sa faux, coupoit les doux fruits de la terre & se payoit de toutes ses peines. Le fer, destiné ailleurs à tout détruire, ne paroissoit employé en ce lieu qu'à préparer l'abondance & qu'à faire naître tous les plaisirs.

Les Nymphes, couronnées de fleurs,

danſoient enſemble dans une prairie, ſur le bord d'une riviere, auprès d'un bocage : Pan jouoit de la flûte, les Faunes & les Satyres folâtres ſautoient dans un coin. Bacchus y paroiſſoit auſſi, couronné de lierre, appuyé d'une main ſur ſon thyrſe, & tenant de l'autre une vigne ornée de pampres & de pluſieurs grappes de raiſins. C'étoit une beauté molle, avec je ne sais quoi de noble, de paſſionné & de languiſſant : il étoit tel qu'il parut à la malheureuſe Ariadne, lorſqu'il la trouva ſeule, abandonnée, & abîmée dans la douleur, ſur un rivage inconnu.

Enfin, on voyoit de toutes parts un peuple nombreux ; des vieillards qui alloient porter dans les temples les prémices de leurs fruits ; de jeunes hommes qui revenoient vers leurs épouſes, laſsés du travail de la journée : les femmes alloient au-devant d'eux, menant par la main leurs petits enfants qu'elles careſſoient. On voyoit auſſi des bergers qui paroiſſoient chanter, & quelques-uns danſoient au ſon du chalumeau. Tout repréſentoit la paix, l'abondance & les délices : tout paroiſsoit riant & heureux. On voyoit même dans les pâturages les loups ſe jouer au milieu des moutons : le lion & le tigre, ayant quitté leur férocité, paiſsoient avec les tendres agneaux ; un petit berger les menoit enſemble sous ſa houlette : & cette aimable peinture rappelloit tous les charmes de l'âge d'or.

Télémaque, s'étant revêtu de ces armes divines, au lieu de prendre ſon bouclier ordinaire, prit la terrible égide que Minerve lui avoit envoyée, en la confiant à Iris, prompte meſsagere des Dieux. Iris lui avoit enlevé ſon bouclier ſans qu'il s'en apperçût, & lui avoit donné en la place cette égide redoutable aux Dieux mêmes.

En cet état, il court hors du camp pour en éviter les flammes ; il appelle à lui d'une voix forte les Chefs de l'armée, & cette voix ranime déjà tous les alliés éperdus. Un feu divin étincele dans les yeux du jeune guerrier. Il paroît toujours doux, toujours libre & tranquille, toujours appliqué à donner les ordres, comme pourroit faire un ſage vieillard attentif à régler sa famille & à instruire ses enfants. Mais il est prompt & rapide dans l'exécution : semblable à un fleuve impétueux, qui non seulement roule avec précipitation ses flots écumeux, mais qui entraîne encore dans sa course les plus pesants vaisseaux dont il est chargé.

Philoctete, Nestor, les Chefs des Manduriens & des autres nations, sentent dans le fils d'Ulysse je ne sais quelle autorité à laquelle il faut que tout cede : l'expérience des vieillards leur manque, le conseil & la sagesse sont ôtés à tous les Commandants; la jalousie même, si naturelle aux hommes, s'éteint dans les cœurs; tous se taisent; tous admirent Télémaque; tous se rangent pour lui obéir, sans y faire de réflexion, & comme s'ils y eussent été accoutumés. Il s'avance, & monte sur une colline, d'où il observe la disposition des ennemis : puis tout-à-coup il juge qu'il faut se hâter de les surprendre dans le désordre où ils se sont mis en brûlant le camp des alliés. Il fait le tour en diligence; les Capitaines les plus expérimentés le suivent.

Il attaque les Dauniens par derriere, dans un temps où ils croyoient l'armée des alliés enveloppée dans les flammes de l'embrasement. Cette surprise les trouble ; ils tombent sous la main de Télémaque, comme les feuilles, dans les derniers jours de l'automne, tombent des forêts quand un fier aquilon, ramenant l'hiver, fait gémir les troncs des vieux arbres & en agite toutes les branches. La terre est couverte des hommes que Télémaque renverse. De son dard il perça le cœur d'Iphyclès, le plus jeune des enfants d'Adraste : celui-ci osa se présenter contre lui au combat pour sauver la vie de son pere, qui pensa être surpris par Télémaque. Le fils d'Ulysse & Iphyclès étoient tous deux beaux, vigoureux, pleins d'adresse & de courage, de la même taille, de la même douceur, du même âge, tous deux chéris de leurs parents : mais Iphyclès étoit comme une fleur qui s'épanouit dans un champ, qui doit être coupée par le tranchant de la faux du moissonneur. Ensuite Télémaque renverse Euphorion, le plus célebre de tous les Lydiens venus en Etrurie. Enfin ſon glaive perce Cléomenes, nouveau marié, qui avoit promis à ſon épouſe de lui porter les riches dépouilles des ennemis, mais qui ne devoit jamais la revoir.

Adraſte frémit de rage voyant la mort de ſon cher fils, celle de pluſieurs Capitaines, & la victoire qui échappe de ſes mains. Phalante, preſque abattu à ſes pieds, eſt comme une victime à demi égorgée qui ſe dérobe au couteau ſacré, & qui s'enfuit loin de l'autel. Il ne falloit plus à Adraſte qu'un moment pour achever la perte du Lacédémonien.

Phalante, noyé dans ſon ſang & dans celui des ſoldats qui combattent avec lui, entend les cris de Télémaque qui s'avance pour le ſecourir. En ce moment la vie lui eſt rendue, un nuage qui couvroit déjà ſes yeux ſe diſſipe. Les Dauniens, ſentant cette attaque imprévue, abandonnent Phalante pour aller repouſſer un plus dangereux ennemi. Adraſte eſt tel qu'un tigre à qui les bergers aſsemblés arrachent la proie qu'il étoit prêt à dévorer. Télémaque le cherche dans la mêlée, & veut finir tout-à-coup la guerre en délivrant les alliés de leur implacable ennemi.

Mais Jupiter ne vouloit pas donner au fils d'Ulysse une victoire si prompte & si facile : Minerve même vouloit qu'il eût à souffrir des maux plus longs, pour mieux apprendre à gouverner les hommes. L'impie Adraste fut donc conservé par le pere des Dieux afin que Télémaque eût le temps d'acquérir plus de gloire & plus de vertu. Un nuage que Jupiter assembla dans les airs sauva les Dauniens; un tonnerre effroyable déclara la volonté des Dieux : on auroit cru que les voûtes éternelles du haut Olympe alloient s'écrouler sur les têtes des foibles mortels; les éclairs fendoient la nue de l'un à l'autre pôle, & dans le moment où ils éblouissoient les yeux par leurs feux perçants, on retomboit dans les affreuses ténebres de la nuit. Une pluie abondante qui tomba dans l'instant servit encore à séparer les deux armées

Adraſte profita du ſecours des Dieux, ſans être touché de leur pouvoir, & mérita par cette ingratitude d'être réſervé à une plus cruelle vengeance. Il ſe hâta de faire paſser ſes troupes entre le camp à demi brûlé & un marais qui s'étendoit juſqu'à la riviere : il le fit avec tant d'induſtrie & de promptitude, que cette retraite montra combien il avoit de reſsources & de préſence d'eſprit. Les alliés, animés par Télémaque, vouloient le pourſuivre; mais à la faveur de cet orage il leur échappa, comme un oiſeau d'une aile légere échappe aux filets des chaſseurs.

Les alliés ne ſongerent plus qu'à rentrer dans leur camp, & qu'à réparer leur perte. En y rentrant, ils virent ce que la guerre a de plus lamentable : les malades & les bleſsés, manquant de forces pour ſe traîner hors des tentes, n'avoient pu ſe garantir du feu ; ils paroiſsoient à demi brûlés, pouſsant vers le ciel, d'une voix plaintive & mourante, des cris douloureux. Le cœur de Télémaque en fut percé, il ne put retenir ſes larmes; il détourna pluſieurs fois ſes yeux, étant ſaiſi d'horreur & de compaſſion : il ne pouvoit voir ſans frémir ces corps encore vivants & dévoués à une longue & cruelle mort ; ils paroiſſoient ſemblables à la chair des victimes qu'on a brûlées ſur les autels, & dont l'odeur ſe répand de tous côtés.

Hélas! s'écrioit Télémaque, voilà donc les maux que la guerre entraîne après elle! Quelle fureur aveugle pouſse les malheureux mortels! ils ont ſi peu de jours à vivre ſur la terre; ces jours sont ſi misérables ; pourquoi précipiter une mort déjà ſi prochaine? pourquoi ajouter tant de déſolations affreuſes à l'amertume dont les Dieux ont rempli cette vie ſi courte? Les hommes sont tous freres, & ils s'entre-déchirent ; les bêtes farouches sont moins cruelles. Les lions ne font point la guerre aux lions ni les tigres aux tigres; ils n'attaquent que les animaux d'eſpece différente : l'homme ſeul, malgré ſa raiſon, fait ce que les animaux ſans raiſon ne firent jamais. Mais encore, pourquoi ces guerres? N'y a-t-il pas aſsez de terre dans l'univers pour en donner à tous les hommes plus qu'ils n'en peuvent cultiver? Combien y a-t-il de terres déſertes! le genre humain ne ſauroit les remplir. Quoi donc! une fauſse gloire, un vain titre de Conquérant qu'un Prince veut acquérir, allume la guerre dans des pays immenſes! Ainſi un ſeul homme, donné au monde par la colere des Dieux, en ſacrifie brutalement tant d'autres à ſa vanité: il faut que tout périſse, que tout nage dans le ſang, que tout ſoit dévoré par les flammes, que ce qui échappe au fer & au feu ne puiſse échapper à la faim encore plus cruelle, afin qu'un ſeul homme, qui ſe joue de la nature humaine entiere, trouve dans cette deſtruction générale ſon plaiſir & ſa gloire. Quelle gloire monſtrueuſe! Peut-on trop abhorrer & trop mépriſer des hommes qui ont tellement oublié l'humanité? Non, non, bien loin d'être des demi-Dieux, ce ne sont pas même des hommes; ils doivent être en exécration à tous les siecles, dont ils ont cru être admirés. Oh! que les Rois doivent bien prendre garde aux guerres qu'ils entreprennent! Elles doivent être justes: ce n'est pas assez, il faut qu'elles soient nécessaires pour le bien public. Le sang d'un peuple ne doit être versé que pour sauver ce même peuple dans les besoins extrêmes. Mais les conseils flatteurs, les fausses idées de gloire, les vaines jalousies, l'injuste avidité qui se couvre de beaux prétextes, enfin les engagements insensibles, entraînent presque toujours les Rois dans des guerres où ils se rendent malheureux, où ils hasardent tout sans nécessité, & où ils font autant de mal à leurs sujets qu'à leurs ennemis. Ainsi raisonnoit Télémaque.

Mais il ne se contentoit pas de déplorer les maux de la guerre; il tâchoit de les adoucir. On le voyoit aller dans les tentes secourir lui-même les malades & les mourants; il leur donnoit de l'argent & des remedes; il les consoloit & les encourageoit par des discours pleins d'amitié, & envoyoit visiter ceux qu'il ne pouvoit visiter lui-même.

Parmi les Crétois qui étoient avec lui, il y avoit deux vieillards, dont l'un se nommoit Traumaphile & l'autre Nozophuge.

Traumaphile avoit été au siege de Troie avec Idoménée, & avoit appris des enfants d'Esculape l'art divin de guérir les plaies. Il répandoit dans les blessures les plus profondes & les plus envenimées une liqueur odoriférante qui consumoit les chairs mortes & corrompues, sans avoir besoin de faire aucune incision, & qui formoit promptement de nouvelles chairs plus saines & plus belles que les premieres.

Pour Nozophuge, il n'avoit jamais vu les enfants d'Esculape; mais il avoit eu, par le moyen de Mérion, un livre sacré & mystérieux qu'Esculape avoit donné à ses enfants. D'ailleurs Nozophuge étoit ami des Dieux; il avoit composé des hymnes en l'honneur des enfants de Latone; il offroit tous les jours le sacrifice d'une brebis blanche & sans tache à Apollon, par lequel il étoit souvent inspiré. A peine avoit-il vu un malade, qu'il connoissoit à ses yeux, à la couleur de son teint, à la conformation de son corps, & à sa respiration, la cause de sa maladie. Tantôt il donnoit des remedes qui faisoient suer, & il montroit, par le succès des sueurs, combien la transpiration, diminuée ou facilitée, déconcerte ou rétablit toute la machine du corps: tantôt il donnoit, pour les maux de langueur, certains breuvages qui fortifioient peu-à-peu les parties nobles, & qui rajeunissoient les hommes en adoucissant leur sang. Mais il assuroit que c'étoit faute de vertu & de courage, que les hommes avoient si souvent besoin de la Médecine. C'est une honte, disoit-il, pour les hommes qu'ils aient tant de maladies; car les bonnes mœurs produisent la santé. Leur intempérance, disoit-il encore, change en poisons mortels les aliments destinés à conserver la vie. Les plaisirs, pris sans modération, abregent plus les jours des hommes que les remedes ne peuvent les prolonger. Les pauvres sont moins ſouvent malades faute de nourriture, que les riches ne le deviennent pour en prendre trop. Les aliments qui flattent trop le goût, & qui font manger au-delà du beſoin, empoiſonnent au lieu de nourrir. Les remedes sont eux-mêmes de véritables maux qui uſent la nature, & dont il ne faut ſe ſervir que dans les preſsants beſoins. Le grand remede, qui eſt toujours innocent, & toujours d'un uſage utile, c'eſt la ſobriété, c'eſt la tempérance dans tous les plaiſirs, c'eſt la tranquillité de l'eſprit, c'eſt l'exercice du corps. Par-là on fait un ſang doux & tempéré, & on diſſipe toutes les humeurs ſuperflues. Ainſi le ſage Nozophuge étoit moins admirable par ſes remedes, que par le régime qu'il conſeilloit pour prévenir les maux, & pour rendre les remedes inutiles.

Ces deux hommes furent envoyés par Télémaque pour viſiter tous les malades de l'armée. Ils en guérirent beaucoup par leurs remedes : mais ils en guérirent bien davantage par le soin qu'ils prirent pour les faire ſervir à propos ; car ils s'appliquoient à les tenir proprement, à empêcher le mauvais air par cette propreté, à leur faire garder un régime de ſobriété exacte dans leur convaleſcence. Tous les ſoldats, touchés de ces ſecours, rendoient graces aux Dieux d'avoir envoyé Télémaque dans l'armée des alliés.

Ce n'eſt pas un homme, diſoient-ils, c'eſt ſans doute quelque Divinité bienfaiſante sous une figure humaine. Du moins, ſi c'eſt un homme, il reſſemble moins au reſte des hommes qu'aux Dieux ; il n'eſt ſur la terre que pour faire du bien ; il eſt encore plus aimable par ſa douceur & par ſa bonté que par ſa valeur. Oh ! ſi nous pouvions l'avoir pour Roi ! mais les Dieux le réſervent pour quelque peuple plus heureux qu'ils chériſſent, & chez lequel ils veulent renouveller l'âge d'or.

Télémaque, pendant qu'il alloit la nuit viſiter les quartiers du camp, par précaution contre les ruſes d'Adraſte, entendoit ces louanges, qui n'étoient point ſuſpectes de flatterie, comme celles que les flatteurs donnent ſouvent en face aux Princes, ſuppoſant qu'ils n'ont ni modeſtie ni délicateſse, & qu'il n'y a qu'à les louer ſans meſure pour s'emparer de leur faveur. Le fils d'Ulyſse ne pouvoit goûter que ce qui étoit vrai : il ne pouvoit ſouffrir d'autres louanges que celles qu'on lui donnoit en ſecret loin de lui, & qu'il avoit véritablement méritées. Son cœur n'étoit pas inſenſible à celles-là ; il ſentoit ce plaiſir ſi doux & ſi pur, que les Dieux ont attaché à la ſeule vertu, & que les méchants, faute de l'avoir éprouvé, ne peuvent ni concevoir ni croire : mais il ne s'abandonnoit point à ce plaiſir ; auſſi-tôt revenoient en foule dans ſon eſprit toutes les fautes qu'il avoit faites ; il n'oublioit point ſa hauteur naturelle & ſon indifférence pour les hommes ; il avoit une honte ſecrete d'être né ſi dur, & de paroître ſi humain. Il renvoyoit à la ſage Minerve toute la gloire qu'on lui donnoit, & qu'il ne croyoit pas mériter.

C'eſt vous, diſoit-il, ô grande Déeſse !

qui m'avez donné Mentor pour m'inſtruire & pour corriger mon mauvais naturel; c'eſt vous qui me donnez la ſageſſe de profiter de mes fautes pour me défier de moi-même; c'eſt vous qui retenez mes paſſions impétueuſes ; c'eſt vous qui me faites ſentir le plaiſir de ſoulager les malheureux ; ſans vous je serois haï & digne de l'être ; ſans vous je ferois des fautes irréparables ; je serois comme un enfant, qui, ne ſentant pas ſa foibleſſe, quitte ſa mere & tombe dès le premier pas.

Neſtor & Philoctete étoient étonnés de voir Télémaque devenu ſi doux, ſi attentif à obliger les hommes, ſi officieux, ſi ſecourable, ſi ingénieux pour prévenir tous les beſoins ; ils ne ſavoient que croire, ils ne reconnoiſſoient plus en lui le même homme. Ce qui les ſurprit davantage fut le soin qu'il prit des funérailles d'Hippias ; il alla lui-même retirer ſon corps ſanglant & défiguré de l'endroit où il étoit caché sous un monceau de corps morts ; il verſa ſur lui des larmes pieuſes ; il dit : O grande ombre !

tu le sais maintenant combien j'ai eſtimé ta valeur. Il eſt vrai que ta fierté m'avoit irrité, mais tes défauts venoient d'une jeuneſse ardente; je sais combien cet âge a beſoin qu'on lui pardonne : nous euſſions dans la suite été ſincèrement unis; j'avois tort de mon côté. O Dieux! pourquoi me le ravir avant que j'aie pu le forcer de m'aimer!

Enſuite Télémaque fit laver le corps dans des liqueurs odoriférantes, puis on prépara par ſon ordre un bûcher. Les grands pins, gémiſsant sous les coups des haches, tombent en roulant du haut des montagnes. Les chênes, ces vieux enfants de la terre qui ſembloient menacer le ciel, les hauts peupliers, les ormeaux, dont les têtes sont ſi vertes & ſi ornées d'un épais feuillage, les hêtres, qui sont l'honneur des forêts, viennent tomber ſur le bord du fleuve Galeſe : là s'éleve avec ordre un bûcher qui reſsemble à un bâtiment régulier; la flamme commence à paroître, un tourbillon de fumée monte juſqu'au ciel.

Les Lacédémoniens s'avancent d'un pas

lent & lugubre, tenant leurs piques renversées & leurs yeux baissés : la douleur amere est peinte sur ces visages si farouches, & les larmes coulent abondamment. Puis on voyoit venir Phérécide, vieillard moins abattu par le nombre des années que par la douleur de survivre à Hippias, qu'il avoit élevé depuis son enfance. Il levoit vers le ciel ses mains & ses yeux noyés de larmes. Depuis la mort d'Hippias il refusoit toute nourriture ; le doux sommeil n'avoit pu appesantir ses paupieres, ni suspendre un moment sa cuisante peine : il marchoit d'un pas tremblant, suivant la foule, & ne sachant où il alloit. Nulle parole ne sortoit de sa bouche, car son cœur étoit trop serré ; c'étoit un silence de désespoir & d'abattement : mais quand il vit le bûcher allumé, il parut tout-à-coup furieux, & il s'écria : O Hippias ! Hippias ! je ne te verrai plus ! Hippias n'est plus, & je vis encore ! O mon cher Hippias ! c'est moi cruel, moi impitoyable, qui t'ai appris à mépriser la mort ; je croyois que tes mains fermeroient mes yeux, & que tu recueillerois mon dernier ſoupir. O Dieux cruels ! vous prolongez ma vie pour me faire voir la mort d'Hippias ! O cher enfant que j'ai nourri, & qui m'as coûté tant de soins, je ne te verrai plus ! mais je verrai ta mere qui mourra de triſteſse en me reprochant ta mort ; je verrai ta jeune épouſe frappant ſa poitrine, arrachant ſes cheveux ; & j'en serai cauſe ! O chere ombre ! appelle-moi ſur les rives du Styx ; la lumiere m'eſt odieuſe : c'eſt toi ſeul, mon cher Hippias, que je veux revoir. Hippias ! Hippias ! ô mon cher Hippias ! je ne vis encore que pour rendre à tes cendres le dernier devoir.

Cependant on voyoit le corps du jeune Hippias étendu, qu'on portoit dans un cercueil orné de pourpre, d'or & d'argent. La mort, qui avoit éteint ſes yeux, n'avoit pu effacer toute ſa beauté, & les graces étoient encore à demi peintes ſur ſon viſage pâle ; on voyoit flotter autour de ſon cou, plus blanc que la neige, mais penché ſur l'épaule, ſes longs cheveux noirs, plus beaux que ceux d'Atys ou de Ganymede, qui alloient être réduits en cendre : on remarquoit dans le côté la blessure profonde par où tout son sang s'étoit écoulé, & qui l'avoit fait descendre dans le royaume sombre de Pluton.

Télémaque, triste & abattu, suivoit de près le corps, & lui jettoit des fleurs. Quand on fut arrivé au bûcher, le jeune fils d'Ulysse ne put voir la flamme pénétrer les étoffes qui enveloppoient le corps, sans répandre de nouvelles larmes. Adieu, dit-il, ô magnanime Hippias ! car je n'ose te nommer mon ami : appaise-toi, ô ombre qui as mérité tant de gloire ! si je ne t'aimois, j'envierois ton bonheur ; tu es délivré des miseres où nous sommes encore, & tu en es sorti par le chemin le plus glorieux. Hélas ! que je serois heureux de finir de même ! Que le Styx n'arrête point ton ombre ; que les champs élisées lui soient ouverts ; que la renommée conserve ton nom dans tous les siecles, & que tes cendres reposent en paix !

A peine eut-il dit ces paroles entremêlées de soupirs, que toute l'armée poussa un cri : on s'attendrissoit sur Hippias, dont on racontoit les grandes actions ; & la douleur de sa mort, rappellant toutes ses bonnes qualités, faisoit oublier les défauts qu'une jeunesse impétueuse & une mauvaise éducation lui avoient donnés. Mais on étoit encore plus touché des sentiments tendres de Télémaque. Est-ce donc là, disoit-on, ce jeune Grec si fier, si hautain, si dédaigneux, si intraitable ? le voilà devenu doux, humain, tendre. Sans doute Minerve, qui a tant aimé son pere, l'aime aussi ; sans doute elle lui a fait le plus précieux don que les Dieux puissent faire aux hommes, en lui donnant avec la sagesse un cœur sensible à l'amitié.

Le corps étoit déjà consumé par les flammes. Télémaque lui-même arrosa de liqueur parfumée ses cendres encore fumantes, puis il les mit dans une urne d'or qu'il couronna de fleurs, & il porta cette urne à Phalante. Celui-ci étoit étendu, percé de diverses blessures ; &, dans son extrême foiblesse, il entrevoyoit près de lui les portes sombres des enfers.

Déjà Traumaphile & Nozophuge, envoyés par le fils d'Ulyſse, lui avoient donné tous les ſecours de leur art : ils rappelloient peu-à-peu ſon ame prête à s'envoler ; de nouveaux eſprits le ranimoient inſenſiblement ; une force douce & pénétrante, un baume de vie s'inſinuoit de veine en veine juſqu'au fond de ſon cœur ; une chaleur agréable le déroboit aux mains glacées de la mort. En ce moment, la défaillance ceſſant, la douleur ſuccéda ; il commença à ſentir la perte de ſon frere, qu'il n'avoit point été juſqu'alors en état de ſentir. Hélas ! diſoit-il, pourquoi prend-on de ſi grands soins de me faire vivre ! ne me vaudroit-il pas mieux mourir & ſuivre mon cher Hippias ! Je l'ai vu périr tout auprès de moi ! O Hippias, la douceur de ma vie, mon frere, mon cher frere, tu n'es plus ! je ne pourrai donc plus, ni te voir, ni t'entendre, ni t'embraſser, ni te dire mes peines, ni te conſoler dans les tiennes ! O Dieux ennemis des hommes ! il n'y a plus d'Hippias pour moi ! eſt-il poſſible ! Mais n'eſt-ce point un ſonge ? non, il n'eſt que trop vrai. O Hippias ! je t'ai perdu, je t'ai vu mourir ; & il faut que je vive encore autant qu'il sera néceſsaire pour te venger ; je veux immoler à tes mânes le cruel Adraſte teint de ton ſang.

Pendant que Phalante parloit ainſi, les deux hommes divins tâchoient d'appaiſer ſa douleur de peur qu'elle n'augmentât ſes maux & n'empêchât l'effet des remedes. Tout-à-coup il apperçoit Télémaque qui ſe préſente à lui. D'abord ſon cœur fut combattu par deux paſſions contraires : il conſervoit un reſsentiment de tout ce qui s'étoit paſsé entre Télémaque & Hippias ; la douleur de la perte d'Hippias rendoit ce reſsentiment encore plus vif : d'un autre côté, il ne pouvoit ignorer qu'il devoit la conſervation de ſa vie à Télémaque, qui l'avoit tiré ſanglant & à demi mort des mains d'Adraſte. Mais quand il vit l'urne d'or où étoient renfermées les cendres ſi cheres de ſon frere Hippias, il verſa un torrent de larmes ; il embraſsa d'abord Télémaque ſans pouvoir lui parler, & lui dit enfin d'une voix languissante entrecoupée de sanglots :

Digne fils d'Ulysse, votre vertu me force à vous aimer : je vous dois ce reste de vie qui va s'éteindre ; mais je vous dois quelque chose qui m'est bien plus cher. Sans vous, le corps de mon frere auroit été la proie des vautours ; sans vous, son ombre, privée de la sépulture, seroit malheureusement errante sur les rives du Styx, toujours repoussée par l'impitoyable Caron. Faut-il que je doive tant à un homme que j'ai tant haï ! O Dieux ! récompensez-le, & délivrez-moi d'une vie si malheureuse. Pour vous, ô Télémaque, rendez-moi les derniers devoirs que vous avez rendus à mon frere, afin que rien ne manque à votre gloire.

A ces paroles Phalante demeura épuisé & abattu d'un excès de douleur. Télémaque se tint auprès de lui sans oser lui parler, & attendant qu'il reprît ses forces. Bientôt Phalante, revenant de cette défaillance, prit l'urne des mains de Télémaque, la baisa plusieurs fois, l'arrosa de ses larmes, & dit : O cheres, ô précieuses cendres ! quand est-ce que les miennes seront renfermées avec vous dans cette même urne ! O ombre d'Hippias ! je te suis dans les enfers : Télémaque nous vengera tous deux.

Cependant le mal de Phalante diminua de jour en jour par les soins des deux hommes qui avoient la science d'Esculape. Télémaque étoit sans cesse avec eux auprès du malade pour les rendre plus attentifs à avancer sa guérison ; & toute l'armée admiroit bien plus la bonté de cœur avec laquelle il secouroit son plus grand ennemi, que la valeur & la sagesse qu'il avoit montrées en sauvant dans la bataille l'armée des alliés.

En même temps Télémaque se montroit infatigable dans les plus rudes travaux de la guerre : il dormoit peu ; & son sommeil étoit souvent interrompu, ou par les avis qu'il recevoit à toutes les heures de la nuit comme du jour, ou par la visite de tous les quartiers du camp, qu'il ne faisoit jamais deux fois de suite aux mêmes heures, pour mieux ſurprendre ceux qui n'étoient pas aſsez vigilants. Il revenoit ſouvent dans ſa tente couvert de ſueur & de pouſſiere : ſa nourriture étoit ſimple ; il vivoit comme les ſoldats, pour leur donner l'exemple de la ſobriété & de la patience. L'armée ayant peu de vivres dans ce campement, il jugea néceſsaire d'arrêter les murmures des ſoldats, en ſouffrant lui-même volontairement les mêmes incommodités qu'eux. Son corps, loin de s'affoiblir dans une vie ſi pénible, ſe fortifioit & s'endurciſsoit chaque jour : il commençoit à n'avoir plus ces graces ſi tendres qui sont comme la fleur de la premiere jeuneſse : ſon teint devenoit plus brun & moins délicat, ſes membres moins mous & plus nerveux.

*Fin du dix-ſeptieme Livre.*

# SOMMAIRE

## DU LIVRE DIX-HUITIEME.

Télémaque, persuadé par divers songes que son pere Ulysse n'est plus sur la terre, exécute son dessein de l'aller chercher dans les enfers. Il se dérobe du camp, étant suivi de deux Crétois jusqu'à un temple près de la fameuse caverne d'Acherontia. Il s'y enfonce au travers des ténebres, arrive au bord du Styx, & Caron le reçoit dans sa barque. Il va se présenter devant Pluton, qu'il trouve préparé à lui permettre de chercher son pere. Il traverse le tartare, où il voit les tourments que souffrent les ingrats, les parjures, les hypocrites, & sur-tout les mauvais Rois.

# LIVRE DIX-HUITIEME.

ADRASTE, dont les troupes avoient été considérablement affoiblies dans le combat, s'étoit retiré derriere la montagne d'Aulon pour attendre divers secours & pour tâcher de surprendre encore une fois ses ennemis ; semblable à un lion affamé, qui, ayant été repoussé d'une bergerie, s'en retourne dans les sombres forêts & rentre dans sa caverne, où il aiguise ses dents & ses griffes, attendant le moment favorable pour égorger les troupeaux.

Télémaque, ayant pris soin de mettre une exacte discipline dans tout le camp, ne songea plus qu'à exécuter un dessein qu'il avoit conçu, & qu'il cacha à tous les Chefs de l'armée. Il y avoit déjà long-temps qu'il étoit agité pendant toutes les nuits par des songes qui lui représentoient son pere Ulysse. Cette chere image revenoit toujours sur la fin de la nuit, avant que l'aurore vînt chaſser du ciel, par ſes feux naiſsants, les inconſtantes étoiles, & de deſsus la terre le doux ſommeil ſuivi des ſonges voltigeants. Tantôt il croyoit voir Ulyſse nu, dans une isle fortunée, ſur la rive d'un fleuve, dans une prairie ornée de fleurs, & environné de Nymphes qui lui jettoient des habits pour ſe couvrir : tantôt il croyoit l'entendre parler dans un palais tout éclatant d'or & d'ivoire, où des hommes couronnés de fleurs l'écoutoient avec plaiſir & admiration. Souvent Ulyſse lui apparoiſsoit tout-à-coup dans des feſtins où la joie éclatoit parmi les délices, & où l'on entendoit les tendres accords d'une voix avec une lyre plus douce que la lyre d'Apollon & que les voix de toutes les Muſes.

Télémaque, en s'éveillant, s'attriſtoit de ces ſonges ſi agréables. O mon pere ! ô mon cher pere Ulyſse ! s'écrioit-il, les ſonges les plus affreux me seroient plus doux ! Ces images de félicité me font comprendre que vous êtes déjà deſcendu dans le séjour des ames bienheureuſes que les Dieux récompensent de leurs vertus par une éternelle tranquillité. Je crois voir les champs élisées. Oh! qu'il est cruel de n'espérer plus! Quoi donc, ô mon cher pere ! je ne vous verrai jamais ! jamais je n'embrasserai celui qui m'aimoit tant, & que je cherche avec tant de peines ! jamais je n'entendrai parler cette bouche d'où sortoit la sagesse ! jamais je ne baiserai ces mains, ces cheres mains, ces mains victorieuses, qui ont abattu tant d'ennemis ! elles ne puniront point les insensés amants de Pénélope, & Ithaque ne se relevera jamais de sa ruine ! O Dieux ennemis de mon pere ! vous m'envoyez ces songes funestes pour arracher toute espérance de mon cœur : c'est m'arracher la vie. Non, je ne puis plus vivre dans cette incertitude. Que dis-je, hélas ! je ne suis que trop certain que mon pere n'est plus. Je vais chercher son ombre jusques dans les enfers. Thésée y est bien descendu ; Thésée, cet impie qui vouloit outrager les Divinités infernales : & moi, j'y vais, conduit par la piété. Hercule y descendit : je ne suis point Hercule ; mais il eſt beau d'oſer l'imiter. Orphée a bien touché, par le récit de ſes malheurs, le cœur de ce Dieu qu'on dépeint comme inexorable : il obtint de lui qu'Eurydice retourneroit parmi les vivants. Je suis plus digne de compaſſion qu'Orphée ; car ma perte eſt plus grande. Qui pourroit comparer une jeune fille ſemblable à tant d'autres, avec le ſage Ulyſſe admiré de toute la Grece ? Allons ; mourons, s'il le faut. Pourquoi craindre la mort quand on ſouffre tant dans la vie ? O Pluton ! ô Proſerpine ! j'éprouverai bientôt ſi vous êtes auſſi impitoyables qu'on le dit ! O mon pere ! après avoir parcouru en vain les terres & les mers pour vous trouver, je vais voir ſi vous n'êtes point dans la ſombre demeure des morts. Si les Dieux me refuſent de vous poſséder ſur la terre & à la lumiere du ſoleil, peut-être ne me refuſeront-ils pas de voir au moins votre ombre dans le royaume de la nuit.

En diſant ces paroles, Télémaque arroſoit ſon lit de ſes larmes : auſſi-tôt il ſe levoit, & cherchoit par la lumiere à ſoulager la douleur cuiſante que ces ſonges lui avoient causée ; mais c'étoit une fleche qui avoit percé ſon cœur & qu'il portoit partout avec lui.

Dans cette peine, il entreprit de deſcendre aux enfers par un lieu célebre qui n'étoit pas éloigné du camp ; on l'appelloit Acherontia, à cauſe qu'il y avoit en ce lieu une caverne affreuſe, de laquelle on deſcendoit ſur les rives de l'Achéron, par lequel les Dieux mêmes craignent de jurer. La ville étoit ſur un rocher, posée comme un nid ſur le haut d'un arbre : au pied de ce rocher on trouvoit la caverne, de laquelle les timides mortels n'oſoient approcher ; les bergers avoient soin d'en détourner leurs troupeaux. La vapeur ſoufrée du marais ſtygien, qui s'exhaloit ſans ceſse par cette ouverture, empeſtoit l'air. Tout autour il ne croiſsoit ni herbe ni fleurs ; on n'y ſentoit jamais les doux zéphyrs, ni les graces naiſsantes du printemps, ni les riches dons de l'automne : la terre, aride, y languiſsoit ; on y voyoit ſeulement quelques arbuſtes dépouillés & quelques cyprès funeſtes. Au loin même, tout à l'entour, Cérès refuſoit aux laboureurs ſes moiſsons dorées. Bacchus ſembloit en vain y promettre ſes doux fruits : les grappes de raiſin ſe deſséchoient au lieu de mûrir. Les Naïades, triſtes, ne faiſoient point couler une onde pure ; leurs flots étoient toujours amers & troubles. Les oiſeaux ne chantoient jamais dans cette terre hériſsée de ronces & d'épines, & n'y trouvoient aucun bocage pour ſe retirer : ils alloient chanter leurs amours sous un ciel plus doux. Là on n'entendoit que le croaſsement des corbeaux & la voix lugubre des hibous : l'herbe même y étoit amere, & les troupeaux qui la paiſsoient ne ſentoient point la douce joie qui les fait bondir. Le taureau fuyoit la geniſse ; & le berger, tout abattu, oublioit ſa muſette & ſa flûte.

De cette caverne ſortoit de temps en temps une fumée noire & épaiſse qui faiſoit une eſpece de nuit au milieu du jour.

Les peuples voiſins redoubloient alors leurs ſacrifices pour appaiſer les Divinités infernales : mais ſouvent les hommes à la fleur de leur âge & dès leur plus tendre jeuneſse étoient les ſeules victimes que ces Divinités cruelles prenoient plaiſir à immoler par une funeſte contagion.

C'eſt là que Télémaque réſolut de chercher le chemin de la ſombre demeure de Pluton. Minerve, qui veilloit ſans ceſse ſur lui, & qui le couvroit de ſon égide, lui avoit rendu Pluton favorable. Jupiter même, à la priere de Minerve, avoit ordonné à Mercure, qui deſcend chaque jour aux enfers pour livrer à Caron un certain nombre de morts, de dire au Roi des ombres qu'il laiſsât entrer le fils d'Ulyſse dans ſon empire.

Télémaque ſe dérobe du camp pendant la nuit ; il marche à la clarté de la Lune, & il invoque cette puiſsante Divinité, qui, étant dans le ciel le brillant aſtre de la nuit, & ſur la terre la chaſte Diane, eſt aux enfers la redoutable Hécate. Cette Divinité écouta favorablement ſes vœux, parceque ſon cœur étoit pur, & qu'il étoit conduit par l'amour pieux qu'un fils doit à ſon pere. A peine fut-il auprès de l'entrée de la caverne, qu'il entendit l'empire ſouterrain mugir. La terre trembloit sous ſes pas; le ciel s'arma d'éclairs & de feux qui ſembloient tomber ſur la terre. Le jeune fils d'Ulyſſe ſentit ſon cœur ému; tout ſon corps étoit couvert d'une ſueur glacée : mais ſon courage ſe ſoutint; il leva les yeux & les mains au ciel. Grands Dieux! s'écria-t-il, j'accepte ces préſages que je crois heureux; achevez votre ouvrage. Il dit, &, redoublant ſes pas, il ſe préſenta hardiment.

Auſſi-tôt la fumée épaiſſe qui rendoit l'entrée de la caverne funeſte à tous les animaux dès qu'ils en approchoient, ſe diſſipa; l'odeur empoiſonnée ceſſa pour un peu de temps. Télémaque entra ſeul; car quel autre mortel eût osé le ſuivre! Deux Crétois, qui l'avoient accompagné juſqu'à une certaine diſtance de la caverne, & auxquels il avoit confié ſon deſſein, demeurerent tremblants & à demi morts aſsez loin de là dans un temple, faiſant des vœux, & n'eſpérant plus de revoir Télémaque.

Cependant le fils d'Ulyſse, l'épée à la main, s'enfonce dans ces ténebres horribles. Bientôt il apperçoit une foible & ſombre lueur, telle qu'on la voit pendant la nuit ſur la terre : il remarque les ombres légeres qui voltigent autour de lui ; il les écarte avec ſon épée : enſuite il voit les triſtes bords du fleuve marécageux dont les eaux bourbeuſes & dormantes ne font que tournoyer. Il découvre ſur ce rivage une foule innombrable de morts privés de la ſépulture, qui ſe préſentent en vain à l'impitoyable Caron. Ce Dieu, dont la vieilleſse éternelle eſt toujours triſte & chagrine, mais pleine de vigueur, les menace, les repouſse, & admet d'abord dans ſa barque le jeune Grec. En entrant, Télémaque entend les gémiſsements d'une ombre qui ne pouvoit ſe conſoler.

Quel eſt donc, lui dit-il, votre malheur ? qui étiez-vous ſur la terre ? J'étois, lui répondit cette ombre, Nabopharzan, Roi de la ſuperbe Babylone : tous les peuples de l'Orient trembloient au ſeul bruit de mon nom : je me faiſois adorer par les Babyloniens dans un temple de marbre où j'étois repréſenté par une ſtatue d'or, devant laquelle on brûloit nuit & jour les plus précieux parfums de l'Ethiopie : jamais perſonne n'oſa me contredire ſans être auſſitôt puni : on inventoit chaque jour de nouveaux plaiſirs pour me rendre la vie plus délicieuſe. J'étois encore jeune & robuſte ; hélas ! que de proſpérités ne me reſtoit-il pas encore à goûter ſur le trône ! mais une femme que j'aimois, & qui ne m'aimoit pas, m'a bien fait ſentir que je n'étois pas Dieu ; elle m'a empoiſonné : je ne suis plus rien. On mit hier avec pompe mes cendres dans une urne d'or ; on pleura ; on s'arracha les cheveux ; on fit ſemblant de vouloir ſe jetter dans les flammes de mon bûcher pour mourir avec moi ; on va encore gémir au pied du ſuperbe tombeau où l'on a mis mes cendres : mais perſonne ne me regrette, ma mémoire eſt en horreur même dans ma famille ; & ici-bas je ſouffre déjà d'horribles traitements.

Télémaque, touché de ce ſpectacle, lui dit : Etiez-vous véritablement heureux pendant votre regne ? ſentiez-vous cette douce paix, ſans laquelle le cœur demeure toujours ſerré & flétri au milieu des délices ? Non, répondit le Babylonien, je ne sais même ce que vous voulez dire. Les ſages vantent cette paix comme l'unique bien : pour moi, je ne l'ai jamais ſentie ; mon cœur étoit ſans ceſſe agité de deſirs nouveaux, de crainte & d'eſpérance. Je tâchois de m'étourdir moi-même par l'ébranlement de mes paſſions ; j'avois soin d'entretenir cette ivreſſe pour la rendre continuelle : le moindre intervalle de raiſon tranquille m'eût été trop amer. Voilà la paix dont j'ai joui ; toute autre me paroît une fable & un ſonge : voilà les biens que je regrette.

En parlant ainſi, le Babylonien pleuroit comme un homme lâche qui a été amolli par les proſpérités, & qui n'eſt point accoutumé à ſupporter conſtamment un malheur. Il avoit auprès de lui quelques eſclaves qu'on avoit fait mourir pour honorer ſes funérailles : Mercure les avoit livrés à Caron avec leur Roi, & leur avoit donné une puiſsance abſolue ſur ce Roi qu'ils avoient ſervi ſur la terre. Ces ombres d'eſclaves ne craignoient plus l'ombre de Nabopharzan; elles la tenoient enchaînée, & lui faiſoient les plus cruelles indignités. L'une lui diſoit : N'étions-nous pas hommes auſſi-bien que toi? comment étois-tu aſsez inſensé pour te croire un Dieu? & ne falloit-il pas te ſouvenir que tu étois de la race des autres hommes? Une autre, pour lui inſulter, diſoit : Tu avois raiſon de ne vouloir pas qu'on te prît pour un homme; car tu étois un monſtre ſans humanité. Une autre lui diſoit : Hé bien! où sont maintenant tes flatteurs? Tu n'as plus rien à donner, malheureux : tu ne peux plus faire aucun mal; te voilà devenu eſclave de tes eſclaves mêmes : les Dieux sont lents à faire juſtice; mais enfin ils la font.

A ces dures paroles, Nabopharzan se jettoit le visage contre terre, arrachant ses cheveux dans un excès de rage & de désespoir. Mais Caron disoit aux esclaves : Tirez-le par sa chaîne; relevez-le malgré lui: il n'aura pas même la consolation de cacher sa honte; il faut que toutes les ombres du Styx en soient témoins, pour justifier les Dieux qui ont souffert si long-temps que cet impie régnât sur la terre. Ce n'est encore là, ô Babylonien! que le commencement de tes douleurs; prépare-toi à être jugé par l'inflexible Minos, Juge des enfers.

Pendant ce discours du terrible Caron, la barque touchoit déjà le rivage de l'empire de Pluton : toutes les ombres accouroient pour considérer cet homme vivant qui paroissoit au milieu de ces morts dans la barque; mais dans le moment où Télémaque mit pied à terre, elles s'enfuirent, semblables aux ombres de la nuit que la moindre clarté du jour dissipe. Caron montrant au jeune Grec un front moins ridé & des yeux moins farouches qu'à l'ordinaire, lui dit : Mortel chéri des Dieux, puiſqu'il t'eſt donné d'entrer dans le royaume de la nuit, inacceſſible aux autres vivants, hâte-toi d'aller où les deſtins t'appellent; va par ce chemin ſombre au palais de Pluton, que tu trouveras ſur ſon trône; il te permettra d'entrer dans les lieux dont il m'eſt défendu de te découvrir le ſecret.

Auſſi-tôt Télémaque s'avance à grands pas : il voit de tous côtés voltiger les ombres, plus nombreuſes que les grains de sable qui couvrent les rivages de la mer; &, dans l'agitation de cette multitude infinie, il eſt ſaiſi d'une horreur divine, obſervant le profond ſilence de ces vaſtes lieux. Ses cheveux ſe dreſsent ſur ſa tête quand il aborde le noir séjour de l'impitoyable Pluton; il ſent ſes genoux chancelants; la voix lui manque; & c'eſt avec peine qu'il peut prononcer au Dieu ces paroles : Vous voyez, ô terrible Divinité, le fils du malheureux Ulyſse; je viens vous demander ſi mon pere eſt deſcendu dans votre empire, ou s'il eſt encore errant ſur la terre.

Pluton étoit ſur un trône d'ébene; ſon viſage étoit pâle & ſévere, ſes yeux creux & étincelants, ſon front ridé & menaçant. La vue d'un homme vivant lui étoit odieuſe, comme la lumiere offenſe les yeux des animaux qui ont accoutumé de ne ſortir de leurs retraites que pendant la nuit. A ſon côté paroiſsoit Proſerpine, qui attiroit ſeule ſes regards, & qui ſembloit un peu adoucir ſon cœur : elle jouiſsoit d'une beauté toujours nouvelle; mais elle paroiſsoit avoir joint à ſes graces divines je ne sais quoi de dur & de cruel de ſon époux.

Au pied du trône étoit la Mort pâle & dévorante, avec ſa faux tranchante, qu'elle aiguiſoit ſans ceſse. Autour d'elle voloient les noirs ſoucis; les cruelles défiances; les vengeances toutes dégouttantes de ſang & couvertes de plaies; les haines injuſtes; l'avarice qui ſe ronge elle-même; le déſeſpoir qui ſe déchire de ſes propres mains; l'ambition forcenée qui renverſe tout; la trahiſon qui veut ſe repaître de ſang, & qui ne peut jouir des maux qu'elle a faits; l'envie qui verſe ſon venin mortel autour d'elle, & qui ſe tourne en rage, dans l'impuiſsance où elle eſt de nuire; l'impiété qui ſe creuſe elle-même un abîme ſans fond, où elle ſe précipite ſans eſpérance; les ſpectres hideux, les fantômes qui repréſentent les morts pour épouvanter les vivants; les ſonges affreux; les inſomnies auſſi cruelles que les triſtes ſonges. Toutes ces images funeſtes environnoient le fier Pluton, & rempliſsoient le palais où il habite.

Il répondit à Télémaque d'une voix baſse qui fit gémir le fond de l'Erebe : Jeune mortel, les deſtins t'ont fait violer cet aſyle ſacré des ombres; suis ta haute deſtinée : je ne te dirai point où eſt ton pere; il ſuffit que tu sois libre de le chercher. Puiſqu'il a été Roi ſur la terre, tu n'as qu'à parcourir d'un côté l'endroit du noir tartare où les mauvais Rois sont punis, de l'autre les champs éliſées où les bons Rois sont récompensés. Mais tu ne peux aller d'ici dans les champs éliſées qu'après avoir paſsé par le tartare : hâte-toi d'y aller & de ſortir de mon empire.

A l'inſtant Télémaque ſemble voler dans ces eſpaces vuides & immenſes, tant il lui tarde de savoir s'il verra ſon pere, & de s'éloigner de la préſence horrible du tyran qui tient en crainte les vivants & les morts. Il apperçoit bientôt aſsez près de lui le noir tartare ; il en ſortoit une fumée noire & épaiſse, dont l'odeur empeſtée donneroit la mort, ſi elle ſe répandoit dans la demeure des vivants : cette fumée couvroit un fleuve de feu & des tourbillons de flamme, dont le bruit, ſemblable à celui des torrents les plus impétueux quand ils s'élancent des plus hauts rochers dans le fond des abîmes, faiſoit qu'on ne pouvoit rien entendre diſtinctement dans ces triſtes lieux.

Télémaque, ſecrètement animé par Minerve, entre ſans crainte dans ce gouffre. D'abord il apperçut un grand nombre d'hommes qui avoient vécu dans les plus baſses conditions, & qui étoient punis pour avoir cherché les richeſses par des fraudes, des trahiſons & des cruautés. Il y remarqua beaucoup d'impies hypocrites, qui, faiſant ſemblant d'aimer la religion, s'en étoient ſervis comme d'un beau prétexte pour contenter leur ambition, & pour ſe jouer des hommes crédules : ces hommes, qui avoient abusé de la vertu même, quoiqu'elle ſoit le plus grand don des Dieux, étoient punis comme les plus ſcélérats de tous les hommes. Les enfants qui avoient égorgé leurs peres & leurs meres, les épouſes qui avoient trempé leurs mains dans le ſang de leurs époux, les traîtres qui avoient livré leur patrie après avoir violé tous les ſerments, ſouffroient des peines moins cruelles que ces hypocrites. Les trois Juges des enfers l'avoient ainſi voulu; & voici leur raiſon : c'eſt que les hypocrites ne ſe contentent pas d'être méchants comme le reſte des impies; ils veulent encore paſser pour bons, & font, par leur fauſse vertu, que les hommes n'oſent plus ſe fier à la véritable. Les Dieux, dont ils ſe sont joués,

& qu'ils ont rendus méprisables aux hommes, prennent plaisir à employer toute leur puissance pour se venger de leur insulte.

Auprès de ceux-ci paroissoient d'autres hommes que le vulgaire ne croit guere coupables, & que la vengeance divine poursuit impitoyablement; ce sont les ingrats, les menteurs, les flatteurs qui ont loué le vice, les critiques malins qui ont tâché de flétrir la plus pure vertu, enfin ceux qui ont jugé témérairement des choses sans les connoître à fond, & qui par là ont nui à la réputation des innocents.

Mais parmi toutes les ingratitudes, celle qui étoit punie comme la plus noire, c'est celle qui se commet envers les Dieux. Quoi donc, disoit Minos, on passe pour un monstre quand on manque de reconnoissance pour son pere, ou pour un ami de qui on a reçu quelque secours; & on fait gloire d'être ingrat envers les Dieux, de qui on tient la vie & tous les biens qu'elle renferme! Ne leur doit-on pas sa naissance plus qu'au pere & à la mere de qui on est né? Plus tous ces crimes sont impunis & excusés sur la terre, plus ils sont dans les enfers l'objet d'une vengeance implacable à qui rien n'échappe.

Télémaque voyant les trois Juges qui étoient assis & qui condamnoient un homme, osa leur demander quels étoient ses crimes. Aussi-tôt le condamné, prenant la parole, s'écria : Je n'ai jamais fait aucun mal; j'ai mis tout mon plaisir à faire du bien; j'ai été magnifique, libéral, juste, compatissant : que peut-on donc me reprocher? Alors Minos lui dit : On ne te reproche rien à l'égard des hommes; mais ne devois-tu pas moins aux hommes qu'aux Dieux? Quelle est donc cette justice dont tu te vantes? Tu n'as manqué à aucun devoir envers les hommes qui ne sont rien; tu as été vertueux : mais tu as rapporté toute ta vertu à toi-même, & non aux Dieux qui te l'avoient donnée; car tu voulois jouir du fruit de ta propre vertu, & te renfermer en toi-même : tu as été ta divinité. Mais les Dieux, qui ont tout fait, & qui n'ont rien fait que pour eux-mêmes, ne peuvent renoncer à leurs droits : tu les as oubliés ; ils t'oublieront ; ils te livreront à toi-même, puiſque tu as voulu être à toi & non pas à eux. Cherche donc maintenant, ſi tu le peux, ta conſolation dans ton propre cœur. Te voilà à jamais séparé des hommes auxquels tu as voulu plaire : te voilà ſeul avec toi-même qui étois ton idole : apprends qu'il n'y a point de véritable vertu ſans le reſpect & l'amour des Dieux, à qui tout eſt dû. Ta fauſſe vertu, qui a long-temps ébloui les hommes faciles à tromper, va être confondue. Les hommes, ne jugeant des vices & des vertus que par ce qui les choque ou les accommode, sont aveugles & ſur le bien & ſur le mal : ici une lumiere divine renverſe tous leurs jugements ſuperficiels ; elle condamne ſouvent ce qu'ils admirent, & juſtifie ce qu'ils condamnent.

A ces mots ce Philoſophe, comme frappé d'un coup de foudre, ne pouvoit ſe ſupporter ſoi-même. La complaiſance qu'il avoit eue autrefois à contempler ſa modération, ſon courage, & ſes inclinations généreuſes, ſe change en déſeſpoir. La vue de ſon propre cœur, ennemi des Dieux, devient ſon ſupplice : il ſe voit, & ne peut ceſser de ſe voir : il voit la vanité des jugements des hommes, auxquels il a voulu plaire dans toutes ſes actions : il ſe fait une révolution univerſelle de tout ce qui eſt au-dedans de lui, comme ſi on bouleverſoit toutes ſes entrailles ; il ne ſe trouve plus le même : tout appui lui manque dans ſon cœur ; ſa conſcience, dont le témoignage lui avoit été ſi doux, s'éleve contre lui & lui reproche amèrement l'égarement & l'illuſion de toutes ſes vertus, qui n'ont point eu le culte de la Divinité pour principe & pour fin : il eſt troublé, conſterné, plein de honte, de remords & de déſeſpoir. Les Furies ne le tourmentent point, parcequ'il leur ſuffit de l'avoir livré à lui-même, & que ſon propre cœur venge aſsez les Dieux mépriſés. Il cherche les lieux les plus ſombres pour ſe cacher aux autres morts, ne pouvant se cacher à lui-même : il cherche les ténebres, & ne peut les trouver ; une lumiere importune le suit par-tout ; par-tout les rayons perçants de la vérité vont venger la vérité qu'il a négligé de suivre. Tout ce qu'il a aimé lui devient odieux, comme étant la source de ses maux qui ne peuvent jamais finir. Il dit en lui-même : O insensé ! je n'ai donc connu, ni les Dieux, ni les hommes, ni moi-même ! non, je n'ai rien connu, puisque je n'ai jamais aimé l'unique & véritable bien : tous mes pas ont été des égarements ; ma sagesse n'étoit que folie ; ma vertu n'étoit qu'un orgueil impie & aveugle : j'étois moi-même mon idole.

Enfin Télémaque apperçut les Rois qui étoient condamnés pour avoir abusé de leur puissance. D'un côté une Furie vengeresse leur présentoit un miroir qui leur montroit toute la difformité de leurs vices : là ils voyoient & ne pouvoient s'empêcher de voir leur vanité grossiere & avide des plus ridicules louanges, leur dureté pour les hommes dont ils auroient dû faire la félicité, leur insensibilité pour la vertu, leur crainte d'entendre la vérité, leur inclination pour les hommes lâches & flatteurs, leur inapplication, leur mollesse, leur indolence, leur défiance déplacée, leur faste & leur excessive magnificence fondée sur la ruine des peuples, leur ambition pour acheter un peu de vaine gloire par le sang de leurs citoyens, enfin leur cruauté qui cherche chaque jour de nouvelles délices parmi les larmes & le désespoir de tant de malheureux. Ils se voyoient sans cesse dans ce miroir : ils se trouvoient plus horribles & plus monstrueux que n'est la Chimere vaincue par Bellérophon, ni l'hydre de Lerne abattue par Hercule, ni Cerbere même, quoiqu'il vomisse de ses trois gueules béantes un sang noir & vénimeux qui est capable d'empester toute la race des mortels vivant sur la terre.

En même temps, d'un autre côté, une autre Furie leur répétoit avec insulte toutes les louanges que leurs flatteurs leur avoient données pendant leur vie, & leur présentoit un autre miroir, où ils se voyoient tels que la flatterie les avoit dépeints : l'opposition de ces deux peintures si contraires étoit le supplice de leur vanité. On remarquoit que les plus méchants d'entre ces Rois étoient ceux à qui on avoit donné les plus magnifiques louanges pendant leur vie, parceque les méchants sont plus craints que les bons, & qu'ils exigent sans pudeur les lâches flatteries des Poëtes & des Orateurs de leur temps.

On les entend gémir dans ces profondes ténebres, où ils ne peuvent voir que les insultes & les dérisions qu'ils ont à souffrir : ils n'ont rien autour d'eux qui ne les repousse, qui ne les contredise, qui ne les confonde. Au lieu que sur la terre ils se jouoient de la vie des hommes, & prétendoient que tout étoit fait pour les servir ; dans le tartare ils sont livrés à tous les caprices de certains esclaves qui leur font sentir à leur tour une cruelle servitude : ils servent avec douleur, & il ne leur reste aucune espérance de pouvoir jamais adoucir leur captivité ; ils sont sous les coups de ces esclaves, devenus leurs tyrans impitoyables, comme une enclume est sous les coups des marteaux des Cyclopes quand Vulcain les presse de travailler dans les fournaises ardentes du mont Etna.

Là Télémaque apperçut des visages pâles, hideux & consternés. C'est une tristesse noire qui ronge ces criminels : ils ont horreur d'eux-mêmes, & ils ne peuvent non plus se délivrer de cette horreur que de leur propre nature : ils n'ont point besoin d'autres châtiments de leurs fautes que leurs fautes mêmes : ils les voient sans cesse dans toute leur énormité ; elles se présentent à eux comme des spectres horribles ; elles les poursuivent. Pour s'en garantir, ils cherchent une mort plus puissante que celle qui les a séparés de leurs corps. Dans le désespoir où ils sont ils appellent à leur secours une mort qui puisse éteindre tout sentiment & toute connoissance en eux ; ils demandent aux abîmes de les engloutir pour se dérober aux rayons vengeurs de la vérité qui les persécute : mais ils sont réservés à la vengeance qui distille sur eux goutte à goutte & qui ne tarira jamais. La vérité, qu'ils ont craint de voir, fait leur supplice ; ils la voient, & n'ont des yeux que pour la voir s'élever contre eux : sa vue les perce, les déchire, les arrache à eux-mêmes : elle est comme la foudre ; sans rien détruire au-dehors, elle pénetre jusqu'au fond des entrailles. Semblable à un métal dans une fournaise ardente, l'ame est comme fondue par ce feu vengeur : il ne laisse aucune consistance, & il ne consume rien : il disout jusqu'aux premiers principes de la vie, & on ne peut mourir. On est arraché à soi-même ; on n'y peut plus trouver ni appui ni repos pour un seul instant : on ne vit plus que par la rage qu'on a contre soi-même, & par une perte de toute espérance qui rend forcené.

Parmi ces objets qui faisoient dresser les cheveux de Télémaque sur sa tête, il vit plusieurs des anciens Rois de Lydie qui étoient punis pour avoir préféré les délices d'une vie molle au travail qui doit être inséparable de la royauté pour le ſoulagement des peuples.

Ces Rois ſe reprochoient les uns aux autres leur aveuglement. L'un diſoit à l'autre qui avoit été ſon fils : Ne vous avois-je pas recommandé ſouvent, pendant ma vieilleſse & avant ma mort, de réparer les maux que j'avois faits par ma négligence ? Le fils répondoit : O malheureux pere ! c'eſt vous qui m'avez perdu ! c'eſt votre exemple qui m'a inſpiré le faſte, l'orgueil, la volupté, & la dureté pour les hommes ! en vous voyant régner avec tant de molleſse, & entouré de lâches flatteurs, je me suis accoutumé à aimer la flatterie & les plaiſirs. J'ai cru que le reſte des hommes étoit à l'égard des Rois ce que les chevaux & les autres bêtes de charge sont à l'égard des hommes, c'eſt-à-dire, des animaux dont on ne fait cas qu'autant qu'ils rendent de ſervices & qu'ils donnent de commodités. Je l'ai cru, c'eſt vous qui me l'avez fait croire ; & maintenant je ſouffre tant de maux pour vous avoir imité. A ces reproches ils ajoutoient les plus affreuſes malédictions, & paroiſsoient animés de rage pour s'entre-déchirer.

Autour de ces Rois voltigeoient encore, comme des hibous dans la nuit, les cruels ſoupçons, les vaines alarmes, les défiances qui vengent les peuples de la dureté de leurs Rois, la faim inſatiable des richeſses, la fauſse gloire toujours tyrannique, & la molleſse lâche qui redouble tous les maux qu'on ſouffre, ſans pouvoir jamais donner de ſolides plaiſirs.

On voyoit pluſieurs de ces Rois ſévèrement punis, non pour les maux qu'ils avoient faits, mais pour les biens qu'ils auroient dû faire. Tous les crimes des peuples, qui viennent de la négligence avec laquelle on fait obſerver les loix, étoient imputés aux Rois, qui ne doivent régner qu'afin que les loix regnent par leur miniſtere. On leur imputoit auſſi tous les déſordres qui viennent du faſte, du luxe, & de tous les autres excès qui jettent les hommes dans un état violent

& dans la tentation de mépriser les loix pour acquérir du bien. Sur-tout on traitoit rigoureusement les Rois qui, au lieu d'être bons & vigilants pasteurs des peuples, n'avoient songé qu'à ravager le troupeau comme des loups dévorants.

Mais ce qui consterna davantage Télémaque, ce fut de voir dans cet abîme de ténebres & de maux un grand nombre de Rois qui avoient passé sur la terre pour des Rois assez bons : ils avoient été condamnés aux peines du tartare pour s'être laissé gouverner par des hommes méchants & artificieux. Ils étoient punis pour les maux qu'ils avoient laissé faire par leur autorité. La plupart de ces Rois n'avoient été ni bons ni méchants, tant leur foiblesse avoit été grande; ils n'avoient jamais craint de ne connoître point la vérité; ils n'avoient point eu le goût de la vertu, & n'avoient point mis leur plaisir à faire du bien.

*Fin du Tome troisieme.*